슈베르트 가곡으로 배우는 독일어

애창 46곡 가사의 구절구절 해석

KB076611

Meinem guten Freund, Tenor Chang Jin Gyu gewidmet

학구적인 성악가와 고급 독일어 학습자를 위한 필독서
연가곡 『아름다운 물방앗간 아가씨』를 포함한 슈베르트 애창 46곡
가사의 직역과 단어 설명 그리고 핵심적인 문법 설명

슈베르트 가곡으로 배우는 독일어

애창 46곡 가사의 구절구절 해석

이재인

슈베르트 가곡으로 배우는 독일어
애창 46곡 가사의 구절구절 해석

발　행 | 2019년 8월 7일
저　자 | 이재인
펴낸이 | 한건희
펴낸곳 | 주식회사 부크크
출판사등록 | 2014.07.15. (제2014-16호)
주　소 | 경기도 부천시 원미구 춘의동 202 춘의테크노파크2단지 202동 1306호
전　화 | 1670-8316
이메일 | info@bookk.co.kr

ISBN | 979-11-272-7984-4

www.bookk.co.kr

머리말

독일 가곡의 가사를 번역해 놓은 여러 종류의 책들과 인터넷 자료들을 보면 마치 의역인 듯 보이는 매끄러운 오역이 드물지 않게 눈에 띈다. 독일어 문법과 문장 구조 그리고 시에 대한 정확한 이해가 없는 상태에서 시도하는 의역은 필연적으로 오역일 수밖에 없다. 매끄러운 오역은 독일어 원문의 의미와 무관한 창작이거나 교묘한 스토리텔링일 뿐 독일 가곡을 원어로 부르는 성악가의 가사 이해에는 아무런 도움이 되지 않는다.

이 책은 슈베르트 애창 가곡 46곡의 가사로 사용된 독일 시를 구절구절 새기면서 번역하고 단어와 문법을 설명한 것이다. 번역은 직역을 원칙으로 하고 직역의 결과가 우리 어법에 많이 어긋나 의미가 잘 통하지 않을 때만 의역을 했다.

이 책의 목적은 성악가 또는 독일어 학습자의 슈베르트 가곡 가사 이해에 도움이 되고자 하는 것이지 시 번역을 통한 문학적 성취가 아니므로 시적인 분위기를 살린 유려한 의역은 애초에 관심의 대상이 아니었다. 오히려 의역의 탈을 쓴 오역이 되지 않도록 직역에 최선을 다하고, 그러한 직역의 근거를 문법 설명과 해설을 통해 밝혔다.

아무쪼록 슈베르트 가곡의 가사를 정확하게 원문 그대로 이해하려는 학구적인 성악가 또는 고급 독일어 학습자에게 이 책이 작은 도움이라도 되면 좋겠다.

이 책의 내용에 관해 질문이 있을 때는 저자가 운영하는 독일어 학습 사이트 〈로렐라이 www.loreley.kr〉 문답교실 게시판을 이용하면 된다. 〈로렐라이〉 사이트는 PC 접속과 모바일 접속 모두 가능하다. 모바일 사용자는 다음의 QR 코드를 스캔하면 쉽게 접속된다.

<일러두기>

1. 명사의 성은 정관사로 표기했으며 단수 2격과 복수형은 사전식 관례에 따라 표기했다.
2. 재귀대명사가 3격인 경우에는 sich 오른쪽에 위 첨자로 표시했다.
3. 불규칙 동사는 기본형과 나란히 과거형과 과거분사를 적었으며 현재 인 칭변화 단수 2인칭과 3인칭에서 어간모음이 변하는 경우에는 그 변화 형 태도 적었다.
4. 불규칙 형용사의 비교급과 최상급을 표기할 필요가 있을 때는 괄호 안에 적었다.
5. 이 책에 사용된 약어는 다음과 같다.

D = Dativ (사람/사물 구분 없이 3격), '3격'이라고 표기한 곳도 있다.
A = Akkusativ (사람/사물 구분 없이 4격), '4격'이라고 표기한 곳도 있다.
jm = jemandem (사람 3격)
jn = jemanden (사람 4격)

차례

Die schöne Müllerin
아름다운 물방앗간 아가씨   107

An den Mond
달에게

Ludwig Christoph Heinrich Hölty (1748~1776)

> Geuß, lieber Mond, geuß deine Silberflimmer
> Durch dieses Buchengrün,
> Wo Phantasien und Traumgestalten immer
> Vor mir vorüberfliehn!

비추어라, 사랑스러운 달아, 비추어라 너의 은빛 광채를
이 녹색 너도밤나무 사이로,
그곳에서는 환상과 꿈의 형상들이 항상
내 앞으로 스쳐 지나가네!

[새김]
geuß 부어라 (비추어라), lieber Mond 사랑스러운 달아, geuß 부어라 (비추어
라), deine Silberflimmer 너의 은빛 광채를, dieses Buchengrün 이 녹색 너도
밤나무, durch 사이로, wo 그곳에서는, Phantasien und Traumgestalten 환상
과 꿈의 형상들이, immer 항상, vor mir 내 앞으로, vorüberfliehn 스쳐 지나
가네!

[단어]
gießen - goss - gegossen, 붓다, 따르다; lieb 사랑스러운; der Mond -(e)s,
-e, 달; der Silberflimmer -s, -, 은빛 광채; durch 사이로; das Buchengrün
-s, -, 녹색 너도밤나무; die Phantasie -n, 환상, 공상; die Traumgestalt -en,
꿈의 형상; immer 항상; vorüberfliehen - floh...vorüber - vorübergeflohen,
스쳐 지나가다, 스쳐 달아나다

[문법/해설]
제1행의 geuß는 동사 gießen의 단수 2인칭에 대한 명령형 gieß의 고어 형태이
다. gießen은 여기서는 은빛 광채를 부으라는 말이니 곧 달빛을 비추라는 의미
이다. 제3행의 wo는 녹색 너도밤나무가 있는 장소를 가리키는 관계부사이다.

> Enthülle dich, dass ich die Stätte finde,

Wo oft mein Mädchen saß,
Und oft, im Weh'n des Buchbaumes und der Linde,
Der goldnen Stadt vergaß.

너를 드러내라, 내가 그 장소를 찾도록,
그곳에 종종 나의 아가씨가 앉아 있었지,
그리고 종종, 너도밤나무와 보리수의 바람 속에서,
그 아름다운 도시를 잊었지.

[새김]
dich 너를, enthülle 드러내라, ich 내가, die Stätte 그 장소를, dass...finde 찾
도록, wo 그곳에, oft 종종, mein Mädchen 나의 아가씨가, saß 앉아 있었지,
und 그리고, oft 종종, des Buchbaumes und der Linde 너도 밤나무와 보리
수의, im Weh'n 바람 속에서, der goldnen Stadt 그 아름다운 도시를, vergaß
잊었지.

[단어]
enthüllen 드러내다; die Stätte -n, 장소; finden - fand - gefunden 찾다, 발
견하다; oft 종종; das Mädchen -s, -, 소녀, 아가씨; sitzen - saß - gesessen,
앉아 있다; wehen 바람이 불다; das Buchenbaum -(e)s, ...bäume, 너도밤나
무; die Linde -n, 보리수; golden 금의, 금빛의, 아름다운; die Stadt -,
Städte, 도시; vergessen - vergaß - vergessen, du vergisst, er vergisst, 잊
다

[문법/해설]
제1행의 enthülle는 동사 enthüllen의 단수 2인칭에 대한 명령형이다. dich는
달을 가리킨다. 달에게 '너를 드러내라'라고 하는 말은 '달빛을 비추어라'라는 의
미이다. 제1행의 종속접속사 dass는 목적을 나타내는 용법으로 쓰였다. 제2행의
wo는 Stätte를 가리키는 관계부사이다. 제3행의 Weh'n은 Wehen의 단축형이며
동사 wehen의 명사화이다. 제4행의 goldnen은 goldenen에서 e가 생략된 것이
다. der goldnen Stadt는 vergaß의 2격 목적어이다. vergessen은 4격 목적어를
갖지만 드물게 2격 목적어를 쓰기도 한다.

Enthülle dich, dass ich des Strauchs mich freue,

> Der Kühlung ihr gerauscht,
> Und einen Kranz auf jeden Anger streue,
> Wo sie den Bach belauscht.

너를 드러내라, 내가 그 덤불을 기뻐하게 도록,
그것(그 덤불)이 그녀를 시원하게 했지,
그리고 (내가) 화환을 모든 풀밭에 뿌리도록 (너를 드러내라),
그곳(풀밭)에서 그녀가 시냇물 소리에 귀 기울였지.

[새김]
dich 너를, enthülle 드러내라, ich 내가, des Strauchs 그 덤불을, dass...mich freue 기뻐하게 도록, der 그것(그 덤불)이, ihr 그녀를, Kühlung 시원하게, gerauscht 했지, und 그리고, einen Kranz 화환을, auf jeden Anger 모든 풀밭에, streue 뿌리도록, wo 그곳(풀밭)에서, sie 그녀가, den Bach 시냇물 소리에, belauscht 귀 기울였지.

[단어]
enthüllen 드러내다; der Strauch -(e)s, Sträucher, 덤불; freuen (sich) 기뻐하다; die Kühlung -en, 시원함, 냉각; rauschen 바스락 소리를 내다; der Kranz -es, Kränze, 화환; der Anger -s, -, 초원, 풀밭; streuen 뿌리다; der Bach -(e)s, Bäche, 개천, 시내; belauschen 엿듣다

[문법/해설]
제1행의 enthülle는 동사 enthüllen의 단수 2인칭에 대한 명령형이다. dich는 달을 가리킨다. 달에게 '너를 드러내라'라고 하는 말은 '달빛을 비추어라'라는 의미이다. 제1행의 종속접속사 dass는 목적을 나타내는 용법으로 쓰였으며, 제3행도 dass 이하에 속한다. 제1행의 des Strauchs는 동사 freuen의 2격 목적어이다. freuen은 드물게 2격 목적어를 갖기도 한다. 제2행은 관계문장이며 der는 Kühlung에 붙어 있는 정관사가 아니라 Strauchs를 선행사로 갖는 관계대명사이다. gerauscht 다음에는 hat가 생략되었다. 즉 현재완료 문장이다. gerauscht는 rauschen의 과거분사인데 제2행의 관계문장은 문법적으로 문장이 성립되지 않는다. '바스락 소리를 내며 움직여서 그녀를 시원하게 했다'는 의미로 이해하는 수밖에 없다. gerauscht 대신 gebracht를 쓰면 좋겠지만 그러면 belauscht와 각운이 맞지 않는다. 제4행의 belauscht 다음에도 hat가 생략되었다. 제2행과 마찬가지로 현재완료 문장이다. wo는 Anger를 가리키는 관계부사이다.

Dann, lieber Mond, dann nimm den Schleier wieder,
Und traur' um deinen Freund,
Und weine durch den Wolkenflor hernieder,
Wie dein Verlass'ner weint!

그 다음에, 사랑스러운 달아, 그 다음에 베일을 다시 잡아라,
그리고 너의 친구를 슬퍼해라,
그리고 눈물을 흘려라 구름의 베일 아래로,
너의 버림받은 이가 우는 것처럼!

[새김]
dann 그 다음에, lieber Mond 사랑스러운 달아, dann 그 다음에, den
Schleier 베일을, wieder 다시, nimm 잡아라, und 그리고, um deinen Freund
너의 친구를, traur' 슬퍼해라, und 그리고, weine 눈물을 흘려라, durch den
Wolkenflor 구름의 베일을 통과하여, hernieder 아래로, dein Verlass'ner 너의
버림받은 이가, wie...weint 우는 것처럼!

[단어]
dann 그 다음에; lieb 사랑스러운; der Mond -(e)s, -e, 달; nehmen - nahm -
genommen, du nimmst, er nimmt, 잡다; der Schleier -s, -, 베일; wieder
다시; trauern (um) ~을 슬퍼하다; der Freund -(e)s, -e, 친구; weinen 울다,
눈물을 흘리다; durch (4격지배 전치사) ~을 통과하여; der Wolkenflor -s, -e,
구름의 베일; hernieder 아래로; wie ~하듯이, ~처럼; verlassen - verließ -
verlassen, du verlässt, er verlässt, 떠나다, 버리다

[문법/해설]
제1행의 nimm은 동사 nehmen의 단수 2인칭에 대한 명령형이다. '베일을 잡으
라'는 말은 '구름으로 얼굴을 가리라'는 의미이다. traur'는 trauere의 단축형이며
동사 trauern의 단수 2인칭에 대한 명령형이다. Verlass'ner는 Verlassener의
단축형이며 동사 verlassen의 과거분사 verlassen이 명사적으로 쓰인 것이다.
'너의 버림받은 이'는 앞 구절의 '너의 친구', 즉 이 시의 화자를 의미한다.

An die Musik
음악에게

Franz von Schober (1798~1882)

> Du holde Kunst, in wie viel grauen Stunden,
> Wo mich des Lebens wilder Kreis umstrickt,
> Hast du mein Herz zu warmer Lieb entzunden,
> Hast mich in eine bessre Welt entrückt!

너 사랑스러운 예술이여, 그 많은 우울한 시간에,
삶의 거친 소용돌이가 나를 휘감았던 그때 (그 우울한 시간에),
너는 내 마음을 따뜻한 사랑으로 불타오르게 했지,
나를 더 나은 세상으로 이끌었지!

[새김]
du 너, holde Kunst 사랑스러운 예술이여, wie viel 그 많은, grauen 우울한,
in...Stunden 시간에, des Lebens 삶의, wilder Kreis 거친 소용돌이가, mich
나를, umstrickt 휘감았던, wo 그때 (그 우울한 시간에), du 너는, mein Herz
내 마음을, zu warmer Lieb 따뜻한 사랑으로, hast...entzunden 불타오르게 했
지, mich 나를, in eine bessre Welt 더 나은 세상으로, hast...entrückt 이끌었
지!

[단어]
hold 사랑스러운; die Kunst, Künste, 예술; grau 우울한, 회색의; die Stunde
-n, 시간; das Leben -s, -, 삶, 인생; wild 거친, 야생의; der Kreis -es, -e,
원, 순환; umstricken 휘감다, 둘러싸다, 사로잡다; das Herz -ens, -en, 마음,
가슴; warm 따뜻한; die Liebe -n, 사랑; entzünden 불붙이다, 불타오르게 하
다; gut (besser, best) 좋은; die Welt -en, 세상; entrücken 옮기다

[문법/해설]
제2행의 wo는 Stunden을 가리키는 관계부사이다. des Lebens는 2격으로서
wilder Kreis를 수식한다. 독일어의 2격은 수식하는 명사의 뒤에 오는 것이 보
통인데 이렇게 앞에서 명사를 수식할 때도 있다. umstrickt 다음에는 hat가 생
략되었다. 즉 현재완료 문장이다. Lieb은 Liebe의 단축형이다. entzunden은 동

13

사 entzünden의 과거분사 entzündet의 대용으로 쓰인 것이다. zu warmer Lieb에서 zu는 결과를 나타낸다. 즉 "너는 내 마음을 따뜻한 사랑으로 불타오르게" 했다는 말은, 음악이 따뜻한 사랑으로 내 마음에 불을 붙였다는 뜻이 아니라 음악이 내 마음에 불을 붙여서 그 결과로써 따뜻한 사랑이 타오르게 되었다는 의미이다. 따뜻한 사랑을 '갖고' 불을 붙였으면 전치사 mit를 써야 한다. 이렇게 zu가 결과를 나타내는 경우의 다른 예문을 들면: Das Land hat sich zu einer Industriemacht entwickelt. 그 나라는 산업 대국으로 발전했다 (발전하여 산업 대국이 되었다). 제4행의 주어는 제3행의 du이다. bessre는 형용사 gut의 비교급 besser가 어미변화를 한 형태인 bessere를 단축하여 쓴 것이다.

Oft hat ein Seufzer, deiner Harf entflossen,
Ein süßer, heiliger Akkord von dir
Den Himmel bessrer Zeiten mir erschlossen,
Du holde Kunst, ich danke dir dafür!

종종 너의 하프에서 흘러나온 한숨,
너의 감미롭고 성스러운 화음은
나에게 더 나은 시간의 하늘을 열어 주었지,
너 사랑스러운 예술이여, 나는 너에게 그것에 대해서 감사한다!

[새김]
oft 종종, deiner Harf 너의 하프에서, entflossen 흘러나온, ein Seufzer 한숨, von dir 너의, ein süßer, heiliger Akkord 감미롭고 성스러운 화음은, mir 나에게, bessrer Zeiten 더 나은 시간의, den Himmel 하늘을, hat...erschlossen 열어 주었지, du holde Kunst 너 사랑스러운 예술이여, ich 나는, dir 너에게, dafür 그것에 대해서, danke 감사한다!

[단어]
oft 종종; der Seufzer -s, -, 한숨, 탄식; die Harfe -n, 하프; entfließen - entfloss - entflossen, 흘러 나오다; süß 감미로운, 달콤한; heilig 성스러운; der Akkord -(e)s, -e, 화음; der Himmel -s, -, 하늘; gut (besser, best) 좋은; die Zeit -en, 시간; erschließen - erschloss - erschlossen, 열다, 개척하다; hold 사랑스러운; die Kunst, Künste, 예술; danken 감사하다

14

[문법/해설]

제1행의 Harf는 Harfe의 단축형이다. deiner Harf entflossen은 entfließen의 과거분사 entflossen이 사용된 분사구문으로서 Seufzer를 수식한다. 제2행은 Seufzer를 부연 설명하는 구절이다. 하프에서 흘러나온 그 한숨 같은 깊은 소리는 감미롭고 성스러운 화음이라는 의미이다. 제3행의 bessrer는 형용사 gut의 비교급 besser가 복수 2격 어미변화를 한 형태인 besserer를 단축하여 쓴 것이다.

An die Nachtigall
밤꾀꼬리에게

Ludwig Christoph Heinrich Hölty (1748~1776)

Geuß nicht so laut der liebentflammten Lieder
Tonreichen Schall
Vom Blütenast des Apfelbaums hernieder,
O Nachtigall!

그렇게 큰 소리로 붓지 마라 사랑에 불타는 노래의
아름다운 울림을
사과나무 꽃가지에서 아래로,
오 밤꾀꼬리야!

[새김]

so laut 그렇게 큰 소리로, geuß nicht 붓지 마라, der liebentflammten
Lieder 사랑에 불타는 노래의, tonreichen Schall 아름다운 소리를, des
Apfelbaums 사과나무의, vom Blütenast 꽃가지에서, hernieder 아래로, o
Nachtigall 오 밤꾀꼬리야!

[단어]

gießen - goss - gegossen, 붓다, 따르다; laut 소리가 큰, 시끄러운;
liebentflammt 사랑에 불타는; das Lied -(e)s, -er, 노래; tonreich 선율이 아름
다운; der Schall -(e)s, -e, 소리, 음향; der Blütenast -(e)s, ...äste, 꽃가지;
der Apfelbaum -(e)s, ...bäume, 사과나무; hernieder 아래로; die Nachtigall
-en, 밤꾀꼬리

[문법/해설]

geuß는 동사 gießen의 단수 2인칭에 대한 명령형 gieß의 고어 형태이다.
gießen은 '붓다'는 뜻이며 여기에서 '사랑에 불타는 노래의 아름다운 울림을 그
렇게 큰 소리로 붓지 마라'는 말은 '그렇게 큰 소리로 노래하지 마라'는 의미이
다. der liebentflammten Lieder는 복수 2격으로서 Schall을 수식한다. 독일어
의 2격은 수식하는 명사의 뒤에 오는 것이 보통인데 이렇게 앞에서 명사를 수식
할 때도 있다. tonreichen도 Schall을 수식한다. 일반적인 어순으로 고쳐 쓰면

den tonreichen Schall der liebentflammten Lieder이다. vom Blütenast des Apfelbaums는 밤꾀꼬리가 있는 위치를 나타낸다. 밤꾀꼬리가 사과나무의 꽃 만발한 가지에 앉아서 노래를 하고 있는 장면이다. hernieder는 밤꾀꼬리가 꽃가지에 앉아서 부르는 노래가 아래 쪽에 있는 시인에게 들려오는 상황이므로 아래로 붓지 마라는 의미에서 사용된 것이다.

> Du tönest mir mit deiner süßen Kehle
> Die Liebe wach;
> Denn schon durchbebt die Tiefen meiner Seele
> Dein schmelzend "Ach".

너는 나에게 너의 달콤한 목소리로
사랑이 깨어나게 노래하는구나;
이미 내 영혼의 깊은 곳을 전율케 하고 있으니
너의 녹아드는 "아" 소리가.

[새김]
du 너는, mir 나에게, mit deiner süßen Kehle 너의 달콤한 목소리로, die Liebe 사랑이, wach 깨어나게, tönest 노래하는구나, schon 이미, dein 너의, schmelzend 녹아드는, "Ach" "아" 소리가, meiner Seele 내 영혼의, die Tiefen 깊은 곳을, denn...durchbebt 전율케 하고 있으니.

[단어]
tönen 울리다, 소리 내다; süß 달콤한; die Kehle -n, 목; die Liebe -n, 사랑; wach 깨어 있는; denn 왜냐하면; schon 이미; durchbeben 전율케 하다, 떨게 하다; die Tiefe -n, 깊이; die Seele -n, 영혼; schmelzen - schmolz - geschmolzen, du schmilzt, er schmilzt, 녹다; das Ach -s, (감탄사) 아, 오

[문법/해설]
제4행의 schmelzend는 schmelzen의 현재분사가 형용사로 쓰인 것이다 (어미 es는 생략되었다).

> Dann flieht der Schlaf von neuem dieses Lager,
> Ich starre dann

> Mit nassem Blick und totenbleich und hager
> Den Himmel an.

그러면 잠은 다시 이 잠자리를 떠나 버리고,
나는 그래서
젖은 눈길로 그리고 죽은 듯 창백하고 수척하게
하늘을 바라보네.

[새김]

dann 그러면, der Schlaf 잠은, von neuem 다시, dieses Lager 이 잠자리를,
flieht 떠나 버리고, ich 나는, dann 그래서, mit nassem Blick 젖은 눈길로,
und 그리고, totenbleich und 죽은 듯 창백하고, hager 수척하게, den Himmel
하늘을, starre...an 바라보네.

[단어]

fliehen - floh - geflohen 도망가다, 달아나다; der Schlaf -(e)s, 잠; neu 새
로운; von neuem 다시; das Lager -s, -, 잠자리; anstarren 응시하다; nass 젖
은; der Blick -(e)s, -e, 눈길, 시선; totenbleich 죽은 듯 창백한; hager 수척
한, 마른; der Himmel -s, -, 하늘

[문법/해설]

마지막의 an은 동사 anstarren의 분리전철이다. "젖은 눈길로 그리고 죽은 듯 창
백하고 수척하게"는 '눈물이 맺힌 눈으로 그리고 매우 창백하고 수척한 얼굴로'
라는 의미이다.

> Fleuch, Nachtigall, in grüne Finsternisse,
> Ins Haingesträuch,
> Und spend' im Nest der treuen Gattin Küsse,
> Entfleuch, entfleuch!

날아라, 밤꾀꼬리야, 녹색 어둠 속으로,
덤불 숲속으로,
그리고 둥지에 있는 충실한 짝에게 키스를 하여라,
날아가거라, 날아가거라!

18

[새김]
fleuch 날아라, Nachtigall 밤꾀꼬리야, in grüne Finsternisse 녹색 어둠 속으로, ins Haingesträuch 덤불 숲속으로, und 그리고, im Nest 둥지에 있는, der treuen Gattin 충실한 짝에게, Küsse 키스를, spend' 하여라, entfleuch 날아가거라, entfleuch 날아가거라!

[단어]
die Nachtigall -en, 밤꾀꼬리; grün 녹색의; die Finsternis -se, 어둠; das Haingesträuch 숲 덤불; spenden 주다, 제공하다; das Nest -(e)s, -er, 둥지; treu 충실한; die Gattin -nen, 아내; der Kuss -es, Küsse, 키스

[문법/해설]
제1행의 fleuch는 '날다'는 뜻의 동사 fliegen의 단수 2인칭에 대한 명령형 flieg의 고어 형태이다. 제3행의 spend'는 spenden의 단수 2인칭에 대한 명령형 spende의 단축형이다. 제4행의 entfleuch '날아가다'는 뜻의 동사 entfliegen 의 단수 2인칭에 대한 명령형 entflieg의 고어 형태이다.

Auf dem Wasser zu singen
물 위의 노래

Friedrich Leopold Graf zu Stolberg (1750~1819)

> Mitten im Schimmer der spiegelnden Wellen
> Gleitet, wie Schwäne, der wankende Kahn;
> Ach, auf der Freude sanftschimmernden Wellen
> Gleitet die Seele dahin wie der Kahn;
> Denn von dem Himmel herab auf die Wellen
> Tanzet das Abendrot rund um den Kahn.

반사하는 물결의 반짝이는 빛 가운데
흔들리는 조각배가 백조들처럼 미끄러지네;
아, 부드럽게 반짝이는 기쁨의 물결 위에
영혼이 조각배처럼 그곳으로 미끄러지네;
그리고 하늘에서 물결 위로 내려온 저녁노을이
조각배 주위를 둘러싸고 춤을 추네.

[새김]

der spiegelnden Wellen 반사하는 물결의, mitten im Schimmer 반짝이는 빛 가운데, der wankende Kahn 흔들리는 조각배가, wie Schwäne 백조들처럼, gleitet 미끄러지네, ach 아, sanftschimmernden 부드럽게 반짝이는, der Freude 기쁨의, auf...Wellen 물결 위에, die Seele 영혼이, wie der Kahn 조각배처럼, dahin 그곳으로 (물결 위로), gleitet 미끄러지네, denn 그리고, von dem Himmel 하늘에서, auf die Wellen 물결 위로, herab 내려온, das Abendrot 저녁노을이, um den Kahn 조각배 주위를, rund 둘러싸고, tanzet 춤을 추네.

[단어]

mitten 가운데에; der Schimmer -s, 반짝이는 빛, 은은한 빛; spiegeln 반사하다, 반영하다; die Welle -n, 파도, 물결; gleiten 미끄러지다; der Schwan -(e)s, Schwäne, 백조; wanken 흔들리다; der Kahn -(e)s, Kähne, 조각배, 작은 배; die Freude -n, 기쁨, 즐거움; sanftschimmern 부드럽게 가물가물 빛나

다; die Seele -n, 영혼; dahin 그곳으로; denn 그리고, 그러면; der Himmel -s, -, 하늘; herab 아래로; tanzen 춤추다; das Abendrot -s, -, 저녁노을; rund 둥근; um (4격지배 전치사) 주위에

[문법/해설]
spiegelnden, wankende, sanftschimmernden은 각각 동사 spiegeln, wanken, sanftschimmern의 현재분사가 형용사로 쓰여 어미변화를 한 것이다. 제3행의 der Freude는 2격으로서 Wellen을 수식한다. 독일어의 2격은 수식하는 명사의 뒤에 오는 것이 보통인데 이렇게 앞에서 명사를 수식할 때도 있다. 여기에서는 각운을 맞추기 위한 것이다. 일반적인 어순으로 쓰면 auf sanftschimmernden Wellen der Freude이다.

> Über den Wipfeln des westlichen Haines
> Winket uns freundlich der rötliche Schein;
> Unter den Zweigen des östlichen Haines
> Säuselt der Kalmus im rötlichen Schein;
> Freude des Himmels und Ruhe des Haines
> Atmet die Seel' im errötenden Schein.

서쪽 숲의 나무들 꼭대기 위에서
붉은 빛이 우리에게 친절하게 손짓하네;
동쪽 숲의 작은 가지들 아래에서
창포가 붉은 빛에서 바스락거리네;
하늘의 기쁨과 숲의 평온을
붉어지는 빛 속에서 영혼이 들이마시네.

[새김]
des westlichen Haines 서쪽 숲의, über den Wipfeln 나무들 꼭대기 위에서, der rötliche Schein 붉은 빛이, uns 우리에게, freundlich 친절하게, winket 손짓하네, des östlichen Haines 동쪽 숲의, unter den Zweigen 작은 가지들 아래에서, der Kalmus 창포가, im rötlichen Schein 붉은 빛에서, säuselt 바스락거리네, des Himmels 하늘의, Freude...und 기쁨과, des Haines 숲의, Ruhe 평온을, im errötenden Schein 붉어지는 빛 속에서, die Seel' 영혼이, atmet 들이마시네.

21

über (3/4격지배 전치사) ~의 위에/위로; der Wipfel -s, -, 우듬지, 나무 꼭대기; westlich 서쪽의; der Hain -(e)s, -e, 숲; winken 손짓하다; freundlich 친절한; rötlich 붉은; der Schein -(e)s, -e, 빛남, 빛; unter (3/4격지배 전치사) ~의 아래에/아래로; der Zweig -(e)s, -e, 작은 가지; östlich 동쪽의; säuseln 바스락거리다; der Kalmus -, -se, 창포; die Freude -n, 기쁨, 즐거움; der Himmel -s, -, 하늘; die Ruhe -n, 고요, 평온; atmen 숨 쉬다, 숨을 들이쉬다; die Seele -n, 영혼; erröten 얼굴이 빨개지다

[문법/해설]
마지막 행의 Seel'은 Seele의 단축형이다. errötenden은 동사 erröten의 현재분사가 형용사로 쓰여 어미변화를 한 것이다.

> Ach, es entschwindet mit tauigem Flügel
> Mir auf den wiegenden Wellen die Zeit.
> Morgen entschwindet mit schimmerndem Flügel
> Wieder wie gestern und heute die Zeit,
> Bis ich auf höherem strahlendem Flügel
> Selber entschwinde der wechselnden Zeit.

아, 시간은 이슬 젖은 날개를 달고
흔들리는 물결 위에서 나로부터 사라지네.
내일도 시간은 어슴푸레 빛나는 날개를 달고
또다시 어제와 오늘처럼 사라지겠지,
나 자신이 더 높고 빛나는 날개 위에서
변하는 시간으로부터 사라질 때까지.

[새김]
ach 아, die Zeit 시간은, mit tauigem Flügel 이슬 젖은 날개를 달고, auf den wiegenden Wellen 흔들리는 물결 위에서, mir 나로부터, es entschwindet 사라지네, morgen 내일도, die Zeit 시간은, mit schimmerndem Flügel 어슴푸레 빛나는 날개를 달고, wieder 또다시, wie gestern und heute 어제와 오늘처럼, entschwindet 사라지겠지, ich 나, selber 자신이, auf höherem strahlendem Flügel 더 높고 빛나는 날개 위에서, der wechselnden

Zeit 변하는 시간으로부터, bis...entschwinde 사라질 때까지.

[단어]
entschwinden - entschwand - entschwunden 사라지다; tauig 이슬에 젖은; der Flügel -s, -, 날개; wiegen 흔들다; die Welle -n, 파도, 물결; die Zeit -en, 시간; morgen 내일; schimmern 희미하게 빛나다; wieder 다시; wie 처럼; gestern 어제; heute 오늘; bis 할 때까지; hoch (höher, höchst) 높은; strahlen 빛을 발하다, 빛나다; selber 스스로; wechseln 변하다

[문법/해설]
제1행의 es는 허사이고 주어는 제2행의 die Zeit이다. schimmerndem, strahlendem, wechselnden은 각각 동사 schimmern, strahlen, wechseln의 현재분사가 형용사로 쓰여 어미변화를 한 것이다.

[참고]
이 시가 처음 발표될 때의 제목은 「Lied auf dem Wasser zu singen, für meine Agnes 물 위에서 부르는 노래, 나의 아그네스를 위하여」였다. 아그네스는 시인의 부인이다. 시인은 아그네스와 1782년 6월에 결혼했다. 이 시는 결혼무렵에 쓰인 것으로서 아그네스에게 헌정된 시이지만 시의 내용이 시인의 구체적인 삶과 연관되어 있지는 않다. 삶의 기쁨의 덧없음이 주제라는 견해도 있지만, 그보다는 그 덧없음의 극복을 노래한 시라는 해석이 더 설득력 있다. 더 높고 빛나는 날개를 단 나 자신이 변하는 시간으로부터 사라진다는, 제3연의 마지막 두 행은 이 시의 절정을 이루는 부분으로서 시간성의 극복, 즉 덧없음의 극복으로 읽히기 때문이다. 이 시에 슈베르트가 곡을 붙인 것은 1823년이다.

Das Rosenband
장미리본

Friedrich Gottlieb Klopstock (1724~1803)

> Im Frühlingsgarten fand ich sie,
> Da band ich sie mit Rosenbändern:
> Sie fühlt' es nicht und schlummerte.

봄 정원에서 나는 그녀를 발견했네,
그때 나는 그녀에게 장미리본을 매 주었지:
그녀는 그것을 느끼지 못하고 잠자고 있었네.

[새김]
im Frühlingsgarten 봄 정원에서, ich 나는, sie 그녀를, fand 발견했네, da 그 때, ich 나는, sie 그녀에게, mit Rosenbändern 장미리본을, band 매 주었지, sie 그녀는, es 그것을, fühlt'...nicht und 느끼지 못하고, schlummerte 잠자고 있었네.

[단어]
das Rosenband -(e)s, ...bänder, 장미리본; der Frühlingsgarten -s, -, 봄 정원; finden - fand - gefunden, 찾다, 발견하다; binden - band - gebunden 매다, 묶다; fühlen 느끼다; schlummern 자다

[문법/해설]
제3행의 fühlt'는 동사 fühlen의 과거형 fühlte의 단축형이다.

> Ich sah sie an; mein Leben hing
> Mit diesem Blick an ihrem Leben:
> Ich fühlt' es wohl und wusst' es nicht.

나는 그녀를 바라보았네; 나의 삶은 매달렸지
그 눈길로 그녀의 삶에 (매달렸지):
나는 그것을 잘 느꼈지만 그것을 알지는 못했네.

[새김]
ich 나는, sie 그녀를, sah...an 바라보았네, mein Leben 나의 삶은, hing 매달렸지, mit diesem Blick 그 눈길로, an ihrem Leben 그녀의 삶에, ich 나는, es 그것을, wohl 잘, fühlt'...und 느꼈지만, es 그것을, wusst'...nicht 알지는 못했네.

[단어]
ansehen - sah...an - angesehen, du siehst...an, er sieht...an, 바라보다; das Leben -s, -, 삶, 인생; hängen - hing - gehangen 걸려 있다, 매달려 있다; der Blick -(e)s, -e, 시선, 눈길; fühlen 느끼다; wohl 잘; wissen - wusste - gewusst, ich weiß, du weißt, er weiß, 알다

[문법/해설]
제3행의 fühlt'는 동사 fühlen의 과거형 fühlte의 단축형이다. wusst'는 동사 wissen의 과거형 wusste의 단축형이다. 그녀를 바라보았고 그 눈길로 나의 삶이 그녀의 삶에 매달렸다는 의미는 그렇게 바라봄으로써 나의 삶이 그녀의 삶에 종속되어 그녀 없이는 살 수 없게 되었다는 의미이다. 그것을 잘 느꼈지만 알지는 못했다는 말은, 그것을 나도 모르는 사이에 느낄 수 있었다는 의미이다.

> Doch lispelt' ich ihr leise zu
> Und rauschte mit den Rosenbändern:
> Da wachte sie vom Schlummer auf.

그러나 나는 그녀에게 나직이 속삭였지
그리고 장미리본으로 바스락 소리를 냈지:
그때 그녀가 잠에서 깨어났네.

[새김]
doch 그러나, ich 나는, ihr 그녀에게, leise 나직이, lispelt'...zu 속삭였지, und 그리고, mit den Rosenbändern 장미리본으로, rauschte 바스락 소리를 냈지, da 그때, sie 그녀가, vom Schlummer 잠에서, wachte...auf 깨어났네.

[단어]
doch 그러나; zulispeln ~에게 속삭이다; leise 나직이; rauschen 바스락 소리를 내다; das Rosenband -(e)s, ...bänder, 장미리본; aufwachen 깨어나다; der

25

Schlummer -s, 잠

제1행의 lispelt'는 과거형 lispelte의 단축형이다.

> Sie sah mich an; ihr Leben hing
> Mit diesem Blick an meinem Leben:
> Und um uns ward Elysium.

그녀는 나를 바라보았네; 그녀의 삶은 매달렸지
그 눈길로 나의 삶에 (매달렸지):
그리고 우리 주변이 낙원이 되었네.

[새김]

sie 그녀는, mich 나를, sah...an 바라보았네, ihr Leben 그녀의 삶은, hing 매
달렸지, mit diesem Blick 그 눈길로, an meinem Leben 나의 삶에, und 그
리고, um uns 우리 주변이, Elysium 낙원이, ward 되었네.

[단어]

ansehen - sah...an - angesehen, du siehst...an, er sieht...an, 바라보다; das
Leben -s, -, 삶, 인생; hängen - hing - gehangen 걸려 있다, 매달려 있다;
der Blick -(e)s, -e, 시선, 눈길; werden - wurde - geworden, du wirst, er
wird, ~가 되다; das Elysium -s, Elysien, 낙원, 극락

[문법/해설]

제3행의 ward는 werden의 과거 wurde의 고어 형태이다. ward 다음에는 es가
생략되었고 생략된 es가 주어이다. 본래의 시에는 es가 있는데 슈베르트 곡에서
생략된 것이다. es는 이 시의 상황, 서로가 서로의 삶에 매달리게 된 상황, 서로
사랑에 빠지게 된 상황을 가리킨다. 그녀가 나를 바라보았고, 그렇게 바라봄으로
써 그녀의 삶도 나의 삶에 종속되어, 즉 서로 사랑에 빠져 그러한 상황이 곧 낙
원이 되었다는 의미이다.

Der König in Thule
툴레의 왕

Johann Wolfgang von Goethe (1749~1832)

> Es war ein König in Thule
> Gar treu bis an das Grab,
> Dem sterbend seine Buhle
> Einen goldnen Becher gab.

툴레에 어떤 왕이 있었네
그는 죽을 때까지 아주 충직했지,
그에게 왕비가 죽으면서
황금 잔을 하나 주었네.

[새김]
in Thule 툴레에, es ... ein König 어떤 왕이, war 있었네, bis an das Grab
(그는) 무덤에 이를 때까지 (죽을 때까지), gar treu 아주 충직했지, dem 그에
게, seine Buhle 그의 아내가 (왕비가), sterbend 죽으면서, einen goldnen
Becher 황금 잔을 하나, gab 주었네.

[단어]
der König -s, -e, 왕; Thule 툴레 (북극 지방에 있는 전설의 섬); gar 매우, 몹
시; treu 충직한, 신의 있는, 지조 있는; das Grab -es, Gräber, 무덤; sterben
- starb - gestorben, du stirbst, er stirbt, 죽다; die Buhle -n, 연인 (여기서
는 아내, 즉 왕비라는 뜻); golden 금의, 금빛의; der Becher -s, -, 컵, 잔;
geben - gab - gegeben, du gibst, er gibt, 주다

[문법/해설]
제1행의 es는 허사이고 주어는 König이다. 제3행의 dem은 König를 가리키는
관계대명사이다. sterbend와 seine Buhle는 시의 각운을 맞추기 위해서 어순이
바뀌었다. 본래의 어순은 dem seine Buhle sterbend이다. sterbend는 동사
sterben의 현재분사가 부사로 쓰인 것이다.

Es ging ihm nichts darüber,
Er leert' ihn jeden Schmaus;
Die Augen gingen ihm über,
Sooft er trank daraus.

그에게 더 소중한 것은 아무것도 없었지,
그는 식사 때마다 그 잔을 비웠네;
그의 눈이 (눈물이) 넘쳐 흘렀지,
그가 그 잔으로 술을 마실 때마다.

[새김]
ihm 그에게, darüber 그것 위의 것은 (더 소중한 것은), es ging ... nichts 아무것도 없었지, er 그는, jeden Schmaus 식사 때마다, ihn 그 잔을, leert' 비웠네, ihm 그의, die Augen 눈이 (눈물이), gingen...über 넘쳐 흘렀지, er 그가, daraus 그 잔으로, sooft...trank 술을 마실 때마다.

[단어]
gehen - ging - gegangen 가다; nichts 아무것도...않다 (= *nothing*); darüber 그 위에, 그 위로; leeren 비우다; der Schmaus -(e)s, Schmäuse, 성찬; das Auge -s, -n, 눈; übergehen - ging...über - übergegangen 넘치다, 넘쳐 흐르다; sooft ~할 때마다; trinken - trank - getrunken 마시다; daraus 그것으로

[문법/해설]
제1행의 es는 허사이고 주어는 nichts이다. 제1행을 직역하면 '그에게 그것 위로 가는 것은 아무것도 없었다'는 말이니 '그에게 그것보다 더 소중한 것은 아무것도 없었다'는 의미이다. leert'는 동사 leeren의 과거형 leerte의 단축형이다. jeden Schmaus는 시간을 나타내는 4격 부사구이다. 제3행의 ihm은 소유의 의미를 갖는 3격이다. trank와 daraus는 시의 각운을 맞추기 위해서 어순이 바뀌었다. 본래의 어순은 sooft er daraus trank이다.

Und als er kam zu sterben,
Zählt' er seine Städt' im Reich,
Gönnt' alles seinen Erben,
Den Becher nicht zugleich.

그리고 그가 죽음에 이르렀을 때,
그는 왕국의 자기 도시들을 세웠고,
모두 자기 상속자들에게 주었지만,
그 잔을 같이 주지는 않았네.

[새김]
und 그리고, er 그가, als ... kam zu sterben 죽음에 이르렀을 때, er 그는,
im Reich 왕국의, seine Städt' 자기 도시들을, zählt' 세었고, alles 모두,
seinen Erben 자기 상속자들에게, gönnt' 주었지만, den Becher 그 잔을,
nicht zugleich 같이 주지는 않았네.

[단어]
als ~할 때; kommen - kam - gekommen 오다; sterben - starb -
gestorben, du stirbst, er stirbt, 죽다; zählen 세다, 헤아리다; die Stadt -,
Städte, 도시; das Reich -(e)s, -e, 나라; gönnen 주다, 베풀다; der Erbe -n,
-n, 상속자; der Becher -s, -, 컵, 잔; zugleich 동시에

[문법/해설]
제2행의 zählt'는 동사 zählen의 과거형 zählte의 단축형이다. Städt'는 Stadt의
복수 Städte의 단축형이다. 제3행의 gönnt'는 동사 gönnen의 과거형 gönnte의
단축형이다.

> Er saß beim Königsmahle,
> Die Ritter um ihn her,
> Auf hohem Vätersaale
> Dort auf dem Schloss am Meer.

그는 식사를 하며 앉아 있었네,
기사들이 그의 주변에 있었고,
천장이 높은 조상 전래의 홀에
그곳 바닷가 성에 있는.

[새김]
er 그는, beim Königsmahle 식사를 하며, saß 앉아 있었네, die Ritter 기사들

이, um ihn her 그의 주변에 (있었고), auf hohem Vätersaale 천장이 높은 조상 전래의 홀에, dort 그곳, am Meer 바닷가, auf dem Schloss 성에 (있는).

[단어]
sitzen - saß - gesessen 앉아 있다; der Königsmahl -(e)s, ...mähler, 왕의 식사, 왕의 연회; der Ritter -s, -, 기사; hoch (höher, höchst) 높은; der Vätersaal -(e)s, ...säle, 조상(선왕)들이 사용하던 홀; dort 그곳에; das Schloss -es, Schlösser, 성; das Meer -(e)s, -e, 바다

[문법/해설]
Königsmahle와 Vätersaale에서 끝에 붙어 있는 e는 남성명사와 중성명사의 단수 3격에 e를 붙이던 옛날 문법의 형태이다. 전체를 우리말 어순에 맞게 정리하면 다음과 같다. '그는 그곳 바닷가 성에 있는 천장이 높은 조상 전래의 홀에 식사를 하며 앉아 있었고 기사들은 그의 주변에 있었다.'

> Dort stand der alte Zecher,
> Trank letzte Lebensglut,
> Und warf den heil'gen Becher
> Hinunter in die Flut.

그곳에 그 늙은 주객이 서 있었네,
마지막 삶의 불꽃을 마셨지,
그리고 그 소중한 잔을 던졌네
아래로 물결 속으로.

[새김]
dort 그곳에, der alte Zecher 그 늙은 주객이 (왕이), stand 서 있었네, letzte Lebensglut 마지막 삶의 불꽃을, trank 마셨지, und 그리고, den heil'gen Becher 그 소중한 잔을, warf 던졌네, hinunter 아래로, in die Flut 물결 속으로.

[단어]
dort 그곳에; stehen - stand - gestanden 서 있다; alt 오래된, 낡은; der Zecher -s, -, 주객, 술꾼; trinken - trank - getrunken 마시다; letzt 마지막의; die Lebensglut -en, 삶의 불꽃; werfen - warf - geworfen, du wirfst, er

30

wirft, 던지다; heilig 신성한, 소중한; der Becher -s, -, 컵, 잔; hinunter 아래로; die Flut -en, 밀물, 물결

[문법/해설]
제1행의 "그 늙은 주객"은 왕을 가리킨다. heil'gen은 heiligen의 단축형이다.

> Er sah ihn stürzen, trinken
> Und sinken tief ins Meer.
> Die Augen täten ihm sinken;
> Trank nie einen Tropfen mehr.

그는 그 잔이 떨어지고, 바닷물로 채워지고
바닷속으로 깊이 가라앉는 것을 보았지.
그의 눈도 가라앉는 (감기는) 듯했네;
한 방울도 더 이상 마시지 못했네.

[새김]
er 그는, ihn 그 잔이, stürzen 떨어지고, trinken 마시고 (바닷물로 채워지고), und 그리고, ins Meer 바닷속으로, tief 깊이, sinken 가라앉는 것을, sah 보았지, ihm 그의, die Augen 눈도, täten...sinken 가라앉는 (감기는) 듯했네, einen Tropfen 한 방울의 술도, trank nie ... mehr 더 이상 마시지 못했네.

[단어]
sehen - sah - gesehen, du siehst, er sieht, 보다; stürzen 떨어지다, 추락하다; trinken - trank - getrunken 마시다; sinken - sank - gesunken 가라앉다; tief 깊이; das Meer -(e)s, -e, 바다; das Auge -s, -n, 눈; tun - tat - getan 하다; nie 결코 ~하지 않다; der Tropfen -s, -, 방울, 물방울; viel (mehr, meist) 많은, 많이

[문법/해설]
stürzen, trinken, sinken이 원형으로 쓰인 것은 sah가 지각동사이기 때문이다. 제3행의 täten은 동사 tun의 접속법 2식 형태로서 함께 사용된 동사 원형에 접속법의 의미를 부여한다. 여기서는 sinken과 함께 쓰여 '가라앉는 듯했다'는 의미가 되었다. 제3행의 ihm은 Augen에 대하여 소유의 의미를 갖는 3격이다.

31

Der Musensohn
시인

Johann Wolfgang von Goethe (1749~1832)

Durch Feld und Wald zu schweifen,
Mein Liedchen wegzupfeifen,
So geht's von Ort zu Ort!
Und nach dem Takte reget,
Und nach dem Maß beweget
Sich alles an mir fort.

들과 숲을 지나 배회하며,
나의 노래를 휘파람으로 날리며,
그렇게 여기저기 다니네!
그리고 내 곁의 모든 것은
박자에 맞춰 움직이고,
리듬에 따라 앞으로 나아가네.

[새김]

durch Feld und Wald 들과 숲을 지나, zu schweifen 배회하며, mein Liedchen 나의 노래를, wegzupfeifen 휘파람으로 날리며, so 그렇게, von Ort zu Ort 여기저기, geht's 다니네, und 그리고, an mir 내 곁의, alles 모든 것은, nach dem Takte 박자에 맞춰, reget und 움직이고, nach dem Maß 리듬에 따라, beweget sich ... fort 앞으로 나아가네.

[단어]

der Musensohn -(e)s, ...söhne, 뮤즈의 아들, 시인; durch (4격지배 전치사) ~를 통과하여, 지나서; das Feld -(e)s, -er, 들판, 들; der Wald -(e)s, Wälder, 숲; schweifen 배회하다; das Lied -(e)s, -er, 노래; wegpfeifen 휘파람을 불어 보내다; gehen - ging - gegangen 가다; der Ort -(e)s, -e, 장소; nach (3격지배 전치사) ~ 후에; der Takt -(e)s, -e, 박자; regen (sich) 움직이다; das Maß -es, -e, 운율, 리듬; fortbewegen (sich) 앞으로 나아가다

[문법/해설]

제2행의 Liedchen은 Lied의 축소명사이다. 제3행의 geht's는 geht es의 단축형이고 es는 상황을 가리킨다.

> Ich kann sie kaum erwarten,
> Die erste Blum' im Garten,
> Die erste Blüt' am Baum.
> Sie grüßen meine Lieder,
> Und kommt der Winter wieder,
> Sing' ich noch jenen Traum.

나는 그들을 간신히 기다릴 수 있네,
정원에 처음 피는 꽃을,
나무에 처음 피는 꽃을.
그들은 내 노래에 인사하네,
겨울이 다시 오더라도,
나는 여전히 저 꿈을 노래하겠네.

[새김]
ich 나는, sie 그들을, kann ... kaum erwarten 간신히 기다릴 수 있네, im Garten 정원에, die erste Blum' 처음 피는 꽃을, am Baum 나무에, die erste Blüt' 처음 피는 꽃을, sie 그들은, meine Lieder 내 노래에, grüßen 인사하네, und ... der Winter 겨울이, wieder 다시, kommt 오더라도, ich 나는, noch 여전히, jenen Traum 저 꿈을, sing' 노래하겠네.

[단어]
kaum 거의 ~할 수 없는, 간신히; erwarten 기다리다; die Blume -n, 꽃; der Garten -s, Gärten, 정원; die Blüte -n, 꽃; der Baum -(e)s, Bäume, 나무; grüßen 인사하다; das Lied -(e)s, -er, 노래; kommen - kam - gekommen 오다; und wenn ~ 하더라도; der Winter -s, 겨울; wieder 다시; singen - sang - gesungen 노래하다; noch 여전히; jen 저; der Traum -(e)s, Träume, 꿈

[문법/해설]
Blum', Blüt', sing'은 각각 Blume, Blüte, singe의 단축형이다. 제5행의 und

kommt der Winter wieder는 und wenn der Winter wieder kommt에서
wenn이 생략되어 kommt가 wenn의 자리로 이동한 문장이다. und wenn은 양
보문을 이끈다.

> Ich sing' ihn in der Weite,
> Auf Eises Läng' und Breite,
> Da blüht der Winter schön!
> Auch diese Blüte schwindet,
> Und neue Freude findet
> Sich auf bebauten Höhn.

나는 넓은 곳에서 그것(꿈)을 노래하네,
얼음의 넓은 영역에서,
거기에 겨울이 아름답게 꽃피네!
이 꽃도 사라지고,
그리고 새로운 기쁨이
경작된 언덕 위에서 발견되겠지.

[새김]
ich 나는, in der Weite 넓은 곳에서, ihn 그것(꿈)을, sing' 노래하네, Eises
얼음의, auf ... Läng' und Breite 넓은 영역에서, da 거기에, der Winter 겨울
이, schön 아름답게, blüht 꽃피네, auch diese Blüte 이 꽃도, schwindet 사
라지고, und 그리고, neue Freude 새로운 기쁨이, auf bebauten Höhn 경작된
언덕 위에서, findet sich 발견되겠지.

[단어]
singen - sang - gesungen 노래하다; die Weite -n, 넓은 곳; das Eis -es, 얼
음; die Länge -n, 길이; die Breite -n, 너비, 폭; blühen 꽃피다; der Winter
-s, 겨울; schön 아름다운; auch 역시; die Blüte -n, 꽃; schwinden -
schwand - schwunden 사라지다, 없어지다; neu 새로운; die Freude -n, 기쁨;
finden - fand - gefunden (sich) 발견되다; bebauen 경작하다; die Höhe -n,
높이, 언덕

[문법/해설]

34

sing'과 Läng'은 각각 singe와 Länge의 단축형이다. 제2행의 Eises는 2격으로서 Läng' und Breite를 수식한다. 독일어의 2격은 수식하는 명사의 뒤에 오는 것이 보통인데 이렇게 앞에서 명사를 수식할 때도 있다. 일반적인 어순으로 쓰면 Läng' und Breite des Eises이다. Läng' und Breite는 길이와 너비라는 뜻이므로 얼음의 길이와 너비는 곧 얼음의 넓은 영역을 뜻한다. 마지막 행의 bebauten은 동사 bebauen의 과거분사가 형용사로 쓰여 어미변화를 한 것이다. Höhn은 Höhen의 단축형이다.

Denn wie ich bei der Linde
Das junge Völkchen finde,
Sogleich erreg' ich sie.
Der stumpfe Bursche bläht sich,
Das steife Mädchen dreht sich
Nach meiner Melodie.

나는 보리수 옆에서
젊은이들을 발견하면,
즉시 나는 그들을 자극하네.
그 무심한 청년은 우쭐거리고,
그 무뚝뚝한 아가씨는 몸을 돌리네 (춤을 추네)
내 멜로디에 따라.

[새김]
ich 나는, bei der Linde 보리수 옆에서, das junge Völkchen 젊은이들을, denn wie ... finde 발견하면, sogleich 즉시, ich 나는, sie 그들을, erreg' 자극하네, der stumpfe Bursche 그 무심한 청년은, bläht sich 우쭐거리고, das steife Mädchen 그 무뚝뚝한 아가씨는, dreht sich 몸을 돌리네 (춤을 추네), nach meiner Melodie 내 멜로디에 따라.

[단어]
die Linde -n, 보리수; jung 어린, 젊은; das Volk -(e)s, Völker, 사람의 무리, 민족; finden - fand - gefunden 발견하다; sogleich 즉시; erregen 자극하다, 흥분시키다; stumpf 무딘, 무심한; der Bursche -n, -n, 젊은이, 청년; blähen (sich) 뽐내다, 우쭐거리다; steif 굳은, 무뚝뚝한; das Mädchen -s, -, 소녀, 아

가씨; drehen (sich) 몸을 돌리다; die Melodie -n, 선율, 멜로디

[문법/해설]
제1행의 denn wie는 wenn의 뜻으로 쓰였다. Völkchen는 Volk의 축소명사이다. erreg'는 errege의 단축형이다.

Ihr gebt den Sohlen Flügel
Und treibt, durch Tal und Hügel,
Den Liebling weit vom Haus.
Ihr lieben, holden Musen,
Wann ruh' ich ihr am Busen
Auch endlich wieder aus?

너희들은 발바닥에 날개를 달아 주고
계곡과 언덕을 지나
그 사랑하는 이를 집 멀리 보내지.
너희 사랑스럽고 고운 뮤즈들이여,
언제 나는 그녀의 품에서
드디어 다시 쉬려나?

[새김]
ihr 너희들은, den Sohlen 발바닥에, Flügel 날개를, gebt und 달아 주고, durch Tal und Hügel 계곡과 언덕을 지나, den Liebling 그 사랑하는 이를, weit vom Haus 집 멀리, treibt 보내지, ihr 너희들, lieben, holden Musen 사랑스럽고 고운 뮤즈들이여, wann 언제, ich 나는, ihr am Busen 그녀의 품에서, auch endlich 드디어, wieder 다시, ruh' 쉬려나?

[단어]
geben - gab - gegeben, du gibst, er gibt, 주다; die Sohle -n, 발바닥, 구두창; der Flügel -s, -, 날개; treiben - trieb - getrieben 몰다 내몰다; das Tal -(e)s, Täler, 계곡; der Hügel -s, -, 언덕; der Liebling -s, -e, 연인; weit 먼; das Haus -es, Häuser, 집; lieb 사랑스러운; hold 고운; die Muse -n, 뮤즈; wann 언제; ausruhen 쉬다; der Busen -s, -, 가슴; auch 역시; endlich 드디어; wieder 다시

36

[문법/해설]

제1행의 Ihr gebt den Sohlen Flügel에서 Ihr는 복수 2인칭으로서 뮤즈들 (Musen)을 가리킨다. 제4행의 Ihr lieben, holden Musen에서 Ihr도 복수 2인 칭으로서 뮤즈들을 가리킨다. den Liebling은 뮤즈의 아들 (Musensohn), 즉 시 인이다. 제5행의 ruh'는 ruhe의 단축형이다. ihr am Busen에서 ihr는 뮤즈를 가리키는 3인칭 단수 sie의 3격으로서 Busen이 뮤즈의 Busen임을 의미한다. 이런 3격을 소유의 3격이라고 한다. 앞에서는 뮤즈가 복수로 표시되다가 ihr am Busen에서 단수로 표시된 것은 시인에게 뮤즈의 역할을 하는 어떤 여인을 의미하기 때문일 것이다.

Der Tod und das Mädchen
죽음과 소녀

Matthias Claudius (1740~1815)

Das Mädchen:
Vorüber! ach, vorüber!
Geh, wilder Knochenmann!
Ich bin noch jung, geh, Lieber!
Und rühre mich nicht an.

소녀:
지나가라! 아, 지나가라!
가라, 가혹한 죽음이여!
나는 아직 젊다, 가라, 그대여!
그리고 나를 건드리지 마라.

[새김]
vorüber 지나가라, ach 아, vorüber 지나가라, geh 가라, wilder 가혹한, Knochenmann 죽음이여, ich 나는, noch 아직, jung 젊다, geh 가라, Lieber 그대여, und 그리고, mich 나를, rühre ... nicht an 건드리지 마라.

[단어]
das Mädchen -s, -, 소녀, 아가씨; vorüber 지나쳐, 지나서; gehen - ging - gegangen 가다; wild 거친, 야생의; der Knochenmann -(e)s, ...männer, 죽음, 사신; noch 아직; jung 젊은; lieb 친애하는; anrühren 건드리다

[문법/해설]
제4행의 Lieber는 형용사 lieb이 명사적으로 쓰인 것이다.

Der Tod:
Gib deine Hand, du schön und zart Gebild!
Bin Freund und komme nicht zu strafen.
Sei guten Muts! Ich bin nicht wild,

| Sollst sanft in meinen Armen schlafen!

죽음:
너의 손을 다오, 너 아름답고 연약한 형상이여!
나는 친구이고 벌을 주러 온 것이 아니다.
좋은 마음을 가져라! 나는 가혹하지 않다,
너는 내 팔에서 편안히 자게 될 것이다!

[새김]

deine Hand 너의 손을, gib 다오, du 너, schön 아름답고, und 그리고, zart 연약한, Gebild 형상이여, bin Freund (나는) 친구이다, und 그리고, zu strafen 벌을 주러, komme nicht 온 것이 아니다, sei guten Muts 좋은 마음을 가져라, ich 나는, bin nicht wild 가혹하지 않다, in meinen Armen 내 팔에서, sanft 편안히, sollst...schlafen (너는) 자게 될 것이다.

[단어]

der Tod -(e)s, -e, 죽음; geben - gab - gegeben, du gibst, er gibt, 주다; die Hand, Hände, 손; schön 아름다운; zart 부드러운, 연약한; das Gebilde -s, -, 형상, 모습; der Freund -(e)s, -s, 친구; kommen - kam - gekommen 오다; strafen 처벌하다, 벌을 주다; gut 좋은; der Mut -(e)s, 마음, 기분, 용기; sanft 편안한, 평온한; der Arm -(e)s, -e, 팔; schlafen - schlief - geschlafen, du schläfst, er schläft, 자다

[문법/해설]

제2행의 gib은 동사 geben의 단수 2인칭에 대한 명령형이다. Gebild는 Gebilde에서 e가 생략된 형태이다 (wild와 각운을 맞추기 위해서). 제4행의 sei 는 sein 동사의 단수 2인칭에 대한 명령형이다. guten Muts는 성질, 상태 등을 나타내는 2격의 특별한 용법이다.

[참고]

의인화된 죽음이 나타나 소녀를 유혹하는 내용인 '죽음과 소녀'는 16세기 무렵 부터 널리 알려진 주제이며 회화, 음악, 문학 등 다양한 예술 장르에서 다루어졌 다. 이 시는 클라우디우스가 1774년에 발표했고, 슈베르트가 곡을 붙인 것은 1817년이었다.

Die Forelle
송어

Christian Schubart (1739~1791)

> In einem Bächlein helle,
> Da schoss in froher Eil
> Die launische Forelle
> Vorüber wie ein Pfeil.
> Ich stand an dem Gestade
> Und sah in süßer Ruh
> Des muntern Fischleins Bade
> Im klaren Bächlein zu.

맑은 시냇물 속에서
변덕스러운 송어가
즐겁게 서두르며
화살처럼 빠르게 지나갔네.
나는 물가에 서서
투명한 시냇물 속
그 활발한 물고기의 물놀이를
편안히 한가롭게 바라보았네.

[새김]
helle 맑은, in einem Bächlein 시냇물 속, da 거기에서, die launische
Forelle 변덕스러운 송어가, in froher Eil 즐겁게 서두르며, wie ein Pfeil 화
살처럼, schoss...vorüber 빠르게 지나갔네, ich 나는, an dem Gestade 물가에,
stand 서서, und 그리고, im klaren Bächlein 투명한 시냇물 속, des muntern
Fischleins 그 활발한 물고기의, Bade 물놀이를, in süßer Ruh 편안히 한가롭
게, sah...zu 바라보았네.

[단어]
die Forelle -n, 송어; der Bach -(e)s, Bäche, 개천, 시내; hell 맑은, 밝은;
vorüberschießen - schoss...vorüber - vorübergeschossen 빠르게 지나가다;

40

froh 즐거운, 기쁜; die Eile -, 신속, 조급; launisch 변덕스러운; der Pfeil -(e)s, -e, 화살; stehen - stand - gestanden 서 있다; das Gestade -s, -, 물가; zusehen - sah...zu - zugesehen, du siehst...zu, er sieht...zu, 바라보다; süß 달콤한, 편안한; die Ruhe -n, 고요, 평온; munter 활발한, 기쁜; der Fisch -es, -e, 물고기; das Bad -(e)s, Bäder, 목욕, 물놀이; klar 맑은, 투명한

[문법/해설]
제1행의 Bächlein은 Bach의 축소명사이다. helle는 Bächlein을 수식하므로 hellen의 형태로 어미변화를 하여 앞에 있어야 하는데 Forelle, Gestade, Bade 와 각운을 맞추기 위해 e를 붙여서 Bächlein의 뒤에 위치한 것이다. 제2행의 Eil은 Eile의 단축형이다. Pfeil과 각운을 맞추기 위해 e를 생략한 것이다. 제6행의 Ruh는 Ruhe의 단축형이다. zu와 각운을 맞추기 위해 e를 생략한 것이다. 제7행의 Fischlein은 Fisch의 축소명사이다. des muntern Fischleins는 2격으로서 Bade를 수식한다. 독일어의 2격은 수식하는 명사의 뒤에 오는 것이 보통인데 이렇게 앞에서 명사를 수식할 때도 있다. 주로 시에서 각운을 맞추기 위한 경우이다. Bade는 Bad에 e가 붙은 형태이다. 옛날 문법에서는 남성명사와 중성명사의 단수 3격에 e를 붙였다. 여기에서는 각운을 맞추기 위한 것이기도 하다. 마지막의 zu는 동사 zusehen의 분리전철이다.

> Ein Fischer mit der Rute
> Wohl an dem Ufer stand,
> Und sah's mit kaltem Blute,
> Wie sich das Fischlein wand.
> Solang dem Wasser Helle,
> So dacht ich, nicht gebricht,
> So fängt er die Forelle
> Mit seiner Angel nicht.

낚싯대를 드리운 어부 한 명이
물가에 느긋하게 서서,
냉정하게 그것을 바라보았네,
그 물고기가 이리저리 움직이는 것을.
물에서 맑음이 없어지지 않는 한

그가 그 송어를
낚시로 잡지 못할 것이라고,
나는 생각했네.

[새김]
mit der Rute 낚싯대를 드리운, ein Fischer 어부 한 명이, an dem Ufer 물가에, wohl 느긋하게, stand 서서, und 그리고, mit kaltem Blute 냉정하게, sah's 그것을 바라보았네, das Fischlein 그 물고기가, wie sich ... wand 이리저리 움직이는 것을, dem Wasser 물에서, Helle 맑음이, solang ... nicht gebricht 없어지지 않는 한, er 그가, die Forelle 그 송어를, mit seiner Angel 낚시로, so fängt ... nicht 잡지 못할 것이라고, so dacht ich 나는 생각했네.

[단어]
der Fischer -s, -, 어부, 낚시꾼; die Rute -n, 낚싯대; wohl 느긋이, 잘; das Ufer -s, -, 물가, 해안, 강가; stehen - stand - gestanden 서 있다; sehen - sah - gesehen, du siehst, er sieht, 보다; kalt 차가운; das Blut -(e)s, 피; der Fisch -es, -e, 물고기; wenden - wendete/wandte - gewendet/gewandt 방향을 바꾸다; solang ~하는 한; das Wasser -s, 물; die Helle -, 맑음; denken - dachte - gedacht 생각하다; gebrechen - gebrach - gebrochen, es gebricht, 부족하다, 없다; fangen - fing - gefangen, du fängst, er fängt, 잡다; die Forelle -n, 송어; die Angel -n, 낚시

[문법/해설]
제3행의 sah's는 sah es의 단축형이며 es는 wie sich das Fischlein wand를 가리킨다. 제4행의 wie는 dass와 같은 종속접속사로 쓰였으며 dass와 다른 점은 종속절 내용의 양상을 강조한다는 것이다. wand는 동사 wenden의 과거형 wandte의 단축형이다. 각운을 맞추기 위해서 te를 생략한 것이다. Fischlein은 Fisch의 축소명사이다. 제6행의 dacht는 dachte의 단축형이다.

Doch endlich ward dem Diebe
Die Zeit zu lang. Er macht
Das Bächlein tückisch trübe,
Und eh ich es gedacht,
So zuckte seine Rute,

42

> Das Fischlein zappelt dran,
> Und ich mit regem Blute
> Sah die Betrog'ne an.

그러나 마침내 그 도둑에게
시간이 너무 길어졌네. 그는
음흉하게 시냇물을 흐리게 만들었지,
그리고 내가 그것을 생각도 하기 전에,
그의 낚싯대가 움찔했네,
그 물고기가 거기에서 버둥거렸지,
나는 애끓는 마음으로
그 속은 것을 (송어를) 바라보았네.

[새김]

doch 그러나, endlich 마침내, dem Diebe 그 도둑에게, die Zeit 시간이, ward ... zu lang 너무 길어졌네, er 그는, tückisch 음흉하게, das Bächlein 시냇물을, trüb 흐리게, macht 만들었지, und 그리고, ich 내가, es 그것을 (그런 상황을), eh...gedacht 생각도 하기 전에, seine Rute 그의 낚싯대가, so zuckte 움찔했네, das Fischlein 그 물고기가, dran 거기에서 (낚싯대에서), zappelt 버둥거렸지, und 그래서, ich 나는, mit regem Blute 끓는 피로 (애끓는 마음으로), die Betrog'ne 그 속은 것을 (송어를), sah ... an 바라보았네.

[단어]

doch 그러나; endlich 마침내; werden - wurde - geworden, du wirst, er wird, ~가 되다; der Dieb -(e)s, -e, 도둑; die Zeit -en, 시간; zu 너무; lang 오랜, 긴; machen ~하게 만들다; der Bach -(e)s, Bäche, 개천, 시내; tückisch 음흉하게; trüb 흐린; ehe ~하기 전에; denken - dachte - gedacht 생각하다; zucken 움찔하다; die Rute -n, 낚싯대; der Fisch -es, -e, 물고기; zappeln 버둥거리다; rege 활동적인; das Blut -(e)s, 피; ansehen - sah...an - angesehen, du siehst...an, er sieht...an, 바라보다; betrügen - betrog - betrogen 속이다

[문법/해설]

제1행의 ward는 werden의 과거 wurde의 고어 형태이다. Diebe와 Blute는 각

각 Dieb과 Blut에 e가 붙은 형태이다. 옛날 문법에서는 남성명사와 중성명사의 단수 3격에 e를 붙였다. 여기에서는 각운을 맞추기 위한 것이기도 하다. 제2행의 macht는 동사 machen의 과거형 machte에서 gedacht와 각운을 맞추기 위해 e를 생략한 것이다. 제3행의 Bächlein은 Bach의 축소명사이다. trübe는 형용사 trüb에 각운을 맞추기 위해 e를 붙인 것이다. 제4행의 eh는 ehe의 단축형이다. 제6행의 Fischlein은 Fisch의 축소명사이다. zappelt는 동사 zappeln의 과거형 zappelte에서 e가 생략된 것이다. dran은 an der Rute의 의미이다. 마지막 행의 Betrog'ne는 Betrogene의 단축형이며 동사 betrügen의 과거분사 betrogen이 명사적으로 쓰인 것이다. 여성명사가 된 것은 Forelle가 여성명사이기 때문이다.

Die junge Nonne
젊은 수녀

Jakob Nikolaus Craigher de Jachelutta (1797~1855)

Wie braust durch die Wipfel der heulende Sturm!
Es klirren die Balken, es zittert das Haus!
Es rollet der Donner, es leuchtet der Blitz!
Und finster die Nacht, wie das Grab!

울부짖는 폭풍이 우듬지 사이로 몰아치네!
들보가 덜컹거리고, 집이 흔들리네!
천둥이 치고, 번개가 번쩍이네!
그리고 밤은 무덤처럼 어둡네!

[새김]
der heulende Sturm 울부짖는 폭풍이, durch die Wipfel 우듬지 사이로, wie braust 몰아치네, es ... die Balken 들보가, klirren 덜컹거리고, es ... das Haus 집이, zittert 흔들리네, es ... der Donner 천둥이, rollet 치고, es ... der Blitzt 번개가, leuchtet 번쩍이네, und 그리고, die Nacht 밤은, wie das Grab 무덤처럼, finster 어둡네.

[단어]
brausen 돌진하다, 몰아치다, 쏴쏴 소리를 내다; der Wipfel -s, -, 우듬지; heulen 울부짖다; der Sturm -(e)s, Stürme, 폭풍; klirren 덜컹거리다; der Balken -s, -, 들보; zittern 흔들리다, 진동하다; das Haus -es, Häuser, 집; rollen 구르다; der Donner -s, 천둥; leuchten 빛나다, 번쩍이다; der Blitz -es, -e, 번개; finster 어두운; die Nacht, Nächte, 밤; das Grab -(e)s, Gräber, 무덤

[문법/해설]
제1행의 wie는 감탄문을 이끄는 부사이다. heulende는 동사 heulen의 현재분사가 형용사로 쓰여 어미변화를 한 것이다. 네 개의 es는 모두 허사이며 주어는 동사 다음의 명사이다. 마지막 행의 주어는 die Nacht이고 동사 ist는 생략되었다.

45

Immerhin, immerhin, so tobt' es auch jüngst noch in mir!
Es brauste das Leben, wie jetzo der Sturm!
Es bebten die Glieder, wie jetzo das Haus!
Es flammte die Liebe, wie jetzo der Blitz!
Und finster die Brust, wie das Grab!

어쨌든, 어쨌든, 내 마음속은 최근까지도 그렇게 들끓었지!
삶은 지금 폭풍처럼 몰아쳤네!
팔다리는 지금 집처럼 떨렸네!
사랑은 지금 번개처럼 불타올랐네!
그리고 가슴은 무덤처럼 어두웠네!

[새김]
immerhin 어쨌든, in mir 내 마음속은, auch jüngst noch 최근까지도, so 그렇게, tobt' es 들끓었지, es ... das Leben 삶은, wie jetzo der Sturm 지금 폭풍처럼, brauste 몰아쳤네, es ... die Glieder 팔다리는, wie jetzo das Haus 지금 집처럼, bebten 떨렸네, es ... die Liebe 사랑은, wie jetzo der Blitz 지금 번개처럼, flammte 불타올랐네, und 그리고, die Brust 가슴은, wie das Grab 무덤처럼, finster 어두웠네.

[단어]
immerhin 어쨌든; toben 들끓다, 광란하다; auch 역시; jüngst 최근에; noch 아직; brausen 돌진하다, 몰아치다, 쏴쏴 소리를 내다; das Leben -s, -, 인생, 삶; jetzo 지금; der Sturm -(e)s, Stürme, 폭풍; beben 진동하다; das Glied -(e)s, -er, 사지, 팔다리; das Haus -(e)s, Häuser, 집; flammen 불타오르다; die Liebe -n, 사랑; der Blitz -es, -e, 번개; finster 어두운; die Brust, Brüste, 가슴; das Grab -(e)s, Gräber, 무덤

[문법/해설]
제1행의 tobt'는 toben의 과거 tobte의 단축형이다. tobt' 다음의 es는 비인칭 주어이다. es brauste das Leben... es bebten die Glieder... es flammte die Liebe... 에서의 es는 모두 허사이며 주어는 동사 다음의 명사이다. 마지막 행의 주어는 die Nacht이고 동사 war는 생략되었다.

Nun tobe, du wilder, gewalt'ger Sturm!
Im Herzen ist Friede, im Herzen ist Ruh!
Des Bräutigams harret die liebende Braut,
Gereinigt in prüfender Glut,
Der ewigen Liebe getraut.

자 날뛰어라, 너 거칠고 막강한 폭풍이여!
마음속에 평화가 있고, 마음속에 고요가 있다!
그 사랑하는 신부는 신랑을 기다리네,
시험의 불길로 정화되고,
영원한 사랑으로 맺어진 (그 신부는).

[새김]
nun tobe 자 날뛰어라, du 너, wilder 거칠고, gewalt'ger Sturm 막강한 폭풍
이여, im Herzen 마음속에, ist Friede 평화가 있고, im Herzen ist Ruh 마음
속에 고요가 있다, die liebende Braut 그 사랑하는 신부는, des Bräutigams
신랑을, harret 기다리네, in prüfender Glut 시험의 불길로, gereinigt 정화되
고, der ewigen Liebe 영원한 사랑으로, getraut 맺어진 (혼인한).

[단어]
nun 자, toben 날뛰다, 광란하다; wild 거친, 야생의; gewaltig 강력한, 막강한;
der Sturm -(e)s, Stürme, 폭풍; das Herz -ens, -en, 마음, 가슴; der Friede
-ns, -n, 평화; die Ruhe -n, 고요; der Bräutigam -s, -e, 신랑; harren 기다리
다; lieben 사랑하다; die Braut, Bräute, 신부; reinigen 정화하다; prüfen 시험
하다; die Glut -en, 불길, 작열; ewig 영원한; die Liebe -n, 사랑; trauen 혼
인시키다

[문법/해설]
제1행의 gewalt'ger는 gewaltiger의 단축형이다. 제2행의 Ruh는 Ruhe의 단축
형이다. 제3행의 harren은 2격 목적어를 갖는 동사이므로 2격 des Bräutigams
가 목적어로 쓰였고 주어는 die liebende Braut이다. liebende와 prüfender는
각각 동사 lieben과 prüfen의 현재분사가 형용사로 쓰여 어미변화를 한 것이다.
gereinigt와 getraut는 각각 동사 reinigen과 trauen의 과거분사로서 Braut를 수
식하는 분사구문이다. der ewigen Liebe는 3격이다. 앞에 전치사 mit가 생략되

었다.

Ich harre, mein Heiland, mit sehnendem Blick!
Komm, himmlischer Bräutigam, hole die Braut,
Erlöse die Seele von irdischer Haft!
Horch, friedlich ertönet das Glöcklein vom Turm!
Es lockt mich das süße Getön
Allmächtig zu ewigen Höh'n.
Alleluia!

나는 기다리네, 나의 구세주여, 그리움의 눈길로!
오라, 천상의 신랑이여, 신부를 데려가라,
지상의 속박으로부터 그 영혼을 구원하라!
경청하라, 탑의 종이 평화롭게 울리네!
그 감미로운 울림이 나를
영원히 높은 곳으로 강력하게 이끄네.
할렐루야!

[새김]
ich harre 나는 기다리네, mein Heiland 나의 구세주여, mit sehnendem Blick 그리워하는 눈길로, komm 오라, himmlischer Bräutigam 천상의 신랑이여, die Braut 신부를, hole 데려오라, von irdischer Haft 지상의 속박으로부터, die Seele 그 영혼을, erlöse 구원하라, horch 경청하라, das Glöcklein vom Turm 탑의 종이, friedlich 평화롭게, ertönet 울리네, es ... das süße Getön 그 감미로운 울림이, mich 나를, zu ewigen Höh'n 영원히 높은 곳으로, allmächtig 강력하게, lockt 이끄네, Alleluia 할렐루야!

[단어]
harren 기다리다; der Heiland -(e)s, -e, 구세주; sehnen 그리워하다; der Blick -(e)s, -e, 시선, 눈길; kommen - kam - gekommen 오다; himmlisch 하늘의, 천상의; der Bräutigam -s, -e, 신랑; holen 데려오다; die Braut, Bräute, 신부; erlösen 구원하다; die Seele -n, 영혼; irdisch 지상의, 현세의; die Haft -, 속박, 구금; horchen 경청하다; friedlich 평화로운; ertönen 울리

48

다; die Glocke -n, 종; der Turm -(e)s, Türme, 탑; locken 이끌다; süß 달콤한, 감미로운; das Getön -(e)s, -e, 울림, 소리; allmächtig 전능한, 강력한; ewig 영원한; die Höhe -n, 높이, 정점

[문법/해설]
komm, hole, erlöse, horch는 모두 명령형이다. 제4행의 Glöcklein은 Glocke의 축소명사이다. 제5행의 es lockt... 에서 es는 허사이며 주어는 das süße Getön이다. 제6행의 Höh'n은 Höhen의 단축형이다.

Du bist die Ruh
그대는 안식

Friedrich Rückert (1788~1866)

> Du bist die Ruh,
> Der Friede mild,
> Die Sehnsucht du,
> Und was sie stillt.

그대는 안식,
온화한 평화,
그대는 그리움,
그리고 그 그리움을 달래는 것.

[새김]

du bist die Ruh 그대는 안식, mild 온화한, der Friede 평화, du 그대는, die Sehnsucht 그리움, und 그리고, sie 그것을 (그리움을), was...stillt 달래는 것.

[단어]

die Ruhe -, 안식, 평온, 고요; der Friede -ns, -n, 평화; mild 온화한, 부드러운; die Sehnsucht -, 동경; stillen 달래다, 충족시키다

[문법/해설]

Ruh는 Ruhe의 단축형이다. du와 각운을 맞추려고 e를 생략한 것이다. der Friede mild를 바른 어순으로 다시 쓰면 der milde Friede이다. stillt와 각운을 맞추기 위해서 어순을 바꾸고 형용사의 어미를 생략한 것이다. sie는 die Sehnsucht를 가리키는 대명사이며 동사 stillt의 4격 목적어이다. was는 부정관계대명사로서 '~하는 것'이라는 뜻이다.

> Ich weihe dir
> Voll Lust und Schmerz
> Zur Wohnung hier
> Mein Aug' und Herz.

나는 그대에게
가득한 기쁨과 고통으로
내 눈과 마음을 바치노라
여기에 머물도록.

[새김]

ich 나는, dir 그대에게, voll 가득한, Lust und Schmerz 기쁨과 고통으로, mein Aug' und Herz 내 눈과 마음을, weihe 바치노라, hier 여기에, zur Wohnung 머물도록.

[단어]

weihen 헌신하다, 바치다; voll 가득한; die Lust, Lüste, 기쁨, 욕구; der Schmerz -es, -en, 고통, 아픔; die Wohnung -en, 집, 거주; hier 여기, 이곳; das Auge -s, -n, 눈; das Herz -ens, -en, 가슴, 마음

[문법/해설]

내 눈과 마음을 그대에게 바치니 그 눈과 마음에 머물라는 의미이다. "여기에"는 '눈과 마음에'를 의미한다. Aug'는 Auge의 단축형이다.

> Kehr ein bei mir
> Und schließe du
> Still hinter dir
> Die Pforte zu.

나에게 오라
그리고 그대
조용히 그대 뒤의
문을 닫아라.

[새김]

bei mir 나에게, kehr ein 오라, und 그리고, du 그대, still 조용히, hinter dir 그대 뒤의, die Pforte 문을, schließe...zu 닫아라.

[단어]

einkehren 들르다, 방문하다; zuschließen - schloss...zu - zugeschlossen, 닫다, 잠그다; still 조용히; hinter (3/4격지배 전치사) ~의 뒤에, 뒤로; die Pforte -n, 문, 현관

[문법/해설]
kehr ein은 einkehren의 명령형이다. ein은 분리전철이므로 후치하여 kehr bei mir ein이 되어야 하는데 mir와 dir의 각운을 맞추기 위해서 어순이 바뀌었다. schließe...zu는 zuschließen의 명령형이다. 단수 2인칭에 대한 명령문에서 du는 필요 없지만 여기에서는 zu와 각운을 맞추기 위해서 du를 썼다. zu는 zuschließen의 분리전철이므로 후치했다.

> Treib andern Schmerz
> Aus dieser Brust!
> Voll sei dies Herz
> Von deiner Lust.

다른 고통을 몰아내라
이 가슴으로부터!
이 마음 가득하길
그대의 기쁨으로.

[새김]
andern Schmerz 다른 고통을, treib 몰아내라, aus dieser Brust 이 가슴으로부터, dies Herz 이 마음, von deiner Lust 그대의 기쁨으로, voll sei 가득하길.

[단어]
treiben - trieb - getrieben 몰아내다; ander 다른; der Schmerz -es, -en, 고통; die Brust, Brüste, 가슴; voll 가득한; das Herz -ens, -en, 마음, 가슴; die Lust, Lüste, 기쁨, 욕구

[문법/해설]
treib은 동사 treiben의 명령형이다. andern은 anderen의 단축형이다. sei는 동사 sein의 접속법 1식 형태로서 소망을 나타낸다.

52

Dies Augenzelt,
Von deinem Glanz
Allein erhellt,
O füll es ganz!

이 눈의 장막은,
그대의 광채로
그것만으로 밝네,
오 그것을 완전히 채워 다오!

[새김]
dies Augenzelt 이 눈의 장막은, von deinem Glanz 그대의 광채로, allein 그
것만으로, erhellt 밝네, o 오, es 그것을, ganz 완전히, füll 채워 다오!

[단어]
das Auge -s, -n, 눈; das Zelt -(e)s, -e, 장막, 천막, 텐트; der Glanz -es,
빛남, 광채; allein 단독으로, 오직; erhellen 밝게 하다, 비추다; füllen 채우다;
ganz 완전히

[문법/해설]
erhellt는 동사 erhellen의 과거분사로서 von deinem Glanz allein erhellt는
Augenzelt를 수식하는 분사구문이다. füll은 동사 füllen의 명령형이다. es는
Augenzelt를 가리킨다. 제2연에서 이 시의 화자가 연인이 머물도록 눈을 바쳤
으니 Augenzelt는 연인이 머무는 곳이다. 즉 연인의 모습이 어른거리는 눈앞을
의미하는 시적인 표현인데 Augenzelt는 일반적인 단어가 아니라 시인이 이 시
에서 erhellt와 각운을 맞추기 위해 만들어낸 것이다.

Du liebst mich nicht
너는 나를 사랑하지 않네

August von Platen (1796~1835)

Mein Herz ist zerrissen, du liebst mich nicht!
Du ließest mich's wissen, du liebst mich nicht!
Wiewohl ich dir flehend und werbend erschien,
Und liebebeflissen, du liebst mich nicht!
Du hast es gesprochen, mit Worten gesagt,
Mit allzu Gewissen, du liebst mich nicht!
So soll ich die Sterne, so soll ich den Mond,
Die Sonne vermissen? du liebst mich nicht!
Was blüht mir die Rose, was blüht der Jasmin,
Was blühn die Narzissen? du liebst mich nicht!

내 마음은 찢어졌네, 너는 나를 사랑하지 않네!
너는 나에게 그것을 알게 했지, 네가 나를 사랑하지 않는다는 것을!
비록 내가 너에게 애원하고 갈구하며 나타났어도,
그리고 사랑에 전력을 다해도, 너는 나를 사랑하지 않네!
너는 그것을 말했지, 말로 말했지,
너무나 솔직하게, 너는 나를 사랑하지 않는다고!
그럼 나는 별들을, 그럼 나는 달을,
해를 그리워해야 하는가? 너는 나를 사랑하지 않네!
나에게 장미는 무엇 때문에 피는가, 무엇 때문에 재스민은 피는가,
무엇 때문에 수선화는 피는가? 너는 나를 사랑하지 않네!

[새김]

mein Herz 내 마음은, ist zerrissen 찢어졌네, du 너는, mich 나를, liebst...nicht 사랑하지 않네, du 너는, mich's 나에게 그것을, ließest...wissen 알게 했지, du 네가, mich 나를, liebst...nicht 사랑하지 않는다는 것을, wiewohl 비록, ich 내가, dir 너에게, flehend und werbend 애원하고 갈구하며, erschien 나타났어도, und 그리고, liebebeflissen 사랑에 전력을 다해도, du

너는, mich 나를, liebst...nicht 사랑하지 않네, du 너는, es 그것을, hast...gesprochen 말했지, mit Worten 말로, gesagt 말했지, mit allzu Gewissen 너무나 솔직하게, du 너는, mich 나를, liebst...nicht 사랑하지 않는 다고, so 그럼, ich 나는, die Sterne 별들을, so 그럼, ich 나는, den Mond 달을, die Sonne 해를, soll...vermissen 그리워해야 하는가? du 너는, mich 나를, liebst...nicht 사랑하지 않네, mir 나에게, die Rose 장미는, was 무엇 때문에, blüht 피는가, was 무엇 때문에, der Jasmin 재스민은, blüht 피는가, was 무엇 때문에, die Narzissen 수선화는, blühn 피는가, du 너는, mich 나를, liebst...nicht 사랑하지 않네.

[단어]

lieben 사랑하다; das Herz -ens, -en, 마음, 가슴; zerreißen - zerriss - zerrissen 찢다; lassen - ließ - gelassen, du lässt, er lässt, ~하게 하다; wissen - wusste - gewusst, ich weiß, du weißt, er weiß, 알다; wiewohl 비록 ~하지만; flehen 간청하다; werben - warb - geworben, du wirbst, er wirbt, ~을 얻으려고 애쓰다; erscheinen - erschien - erschienen 나타나다, 등장하다; liebebeflissen 사랑에 전력을 다하는; sprechen - sprach - gesprochen, du sprichst, er spricht, 말하다; das Wort -(e)s, -e, 말; sagen 말하다; allzu 너무; das Gewissen -s, -, 양심; der Stern -(e)s, -e, 별; der Mond -(e)s, -e, 달; die Sonne -n, 해; vermissen 그리워하다; was = warum 왜; blühen 꽃이 피다; die Rose -n, 장미; der Jasmin -s, -e, 재스민; die Narzisse -n, 수선화

[문법/해설]
제2행의 mich's는 mich es의 단축형이다. 마지막 두 행의 was는 warum의 뜻
으로 쓰였다.

Erlkönig
마왕

Johann Wolfgang von Goethe (1749~1832)

> Wer reitet so spät durch Nacht und Wind?
> Es ist der Vater mit seinem Kind;
> Er hat den Knaben wohl in dem Arm,
> Er fasst ihn sicher, er hält ihn warm.

누가 이렇게 늦게 밤과 바람을 헤치고 말을 달리는가?
그것은 아이를 데리고 있는 아버지이다;
그는 소년을 팔에 잘 안고 있다,
그는 그를 안전하게 붙들고 있다, 그는 그를 따뜻하게 안고 있다.

[새김]

der Erlkönig = der Erlenkönig -s, -e, 마왕, wer 누가, so 이렇게, spät 늦게, Nacht und Wind 밤과 바람을, durch 헤치고, reitet 말을 달리는가, es 그것은, mit seinem Kind 아이를 데리고 있는, ist der Vater 아버지이다, er 그는, den Knaben 소년을, in dem Arm 팔에, wohl 잘, hat 안고 있다, er 그는, ihn 그를, sicher 안전하게, fasst 붙들고 있다, er 그는, ihn 그를, warm 따뜻하게, hält 안고 있다.

[단어]

wer (의문사) 누가, reiten 말을 타다; spät 늦게; durch 통과하여, die Nacht, Nächte, 밤; der Wind -(e)s, -e, 바람; der Vater -s, Väter, 아버지; das Kind -(e)s, -er, 어린이; der Knabe -n, -n, 소년; der Arm -(e)s, -e, 팔; fassen 붙잡다; sicher 안전한, 확실한; halten - hielt - gehalten, du hältst, er hält, 붙잡다; warm 따뜻한

> "Mein Sohn, was birgst du so bang dein Gesicht?"
> "Siehst, Vater, du den Erlkönig nicht?
> Den Erlenkönig mit Kron' und Schweif?"
> "Mein Sohn, es ist ein Nebelstreif."

"내 아들아, 왜 너는 그렇게 불안하게 너의 얼굴을 감추고 있느냐?"
"아버지, 아버지는 저 마왕이 보이지 않으세요?
왕관을 쓰고 옷자락을 길게 늘어뜨린 저 마왕이?"
"내 아들아, 그것은 안개의 띠다."

[새김]
mein Sohn 내 아들아, was 왜, du 너는, so bang 그렇게 불안하게, dein Gesicht 너의 얼굴을, birgst 감추고 있느냐, Vater 아버지, du 아버지는, den Erlkönig 저 마왕이, siehst...nicht 보이지 않으세요, mit Kron' und Schweif 왕관을 쓰고 옷자락을 길게 늘어뜨린, den Erlenkönig 저 마왕이, mein Sohn 내 아들아, es 그것은, ist ein Nebelstreif 안개의 띠다.

[단어]
der Sohn -(e)s, Söhne, 아들; bergen - barg - geborgen, du birgst, er birgt, 숨기다, 감추다; bang 불안한, 무서워 하는; das Gesicht -(e)s, -er, 얼굴; sehen - sah - gesehen, du siehst, er sieht, 보다; der Vater -s, Väter, 아버지; der Erlkönig = der Erlenkönig -s, -e, 마왕; die Krone -n, 왕관; der Schweif -(e)s, -e, 긴 옷자락; der Nebel -s, 안개; der Streif -(e)s, -e, 띠, 줄

[문법/해설]
제1행의 was는 warum의 뜻으로 쓰였다. Kron'은 Krone의 단축형이다.

'Du liebes Kind, komm, geh mit mir!
Gar schöne Spiele spiel' ich mit dir;
Manch bunte Blumen sind an dem Strand,
Meine Mutter hat manch gülden Gewand.'

'너 귀여운 아이야, 이리 오너라, 나와 함께 가자!
정말 재미있는 놀이를 내가 너와 함께 하겠다;
많은 화려한 꽃들이 바닷가에 있다,
내 어머니는 많은 금빛 의상을 가지고 있다.'

[새김]

du 너, liebes Kind 귀여운 아이야, komm 오너라, geh mit mir 나와 함께 가자, gar 정말, schöne Spiele 재미있는 놀이를, ich 내가, mit dir 너와 함께, spiel' 하겠다, manch bunte Blumen 많은 화려한 꽃들이, sind an dem Strand 바닷가에 있다, meine Mutter 내 어머니는, hat manch gülden Gewand 많은 금빛 의상을 갖고 있다.

[단어]
lieb 귀여운, 사랑스러운; das Kind -(e)s, -er, 어린이; kommen - kam - gekommen 오다; gar 매우, 정말; schön 아름다운, das Spiel -(e)s, -e, 놀이, 경기; spielen 놀다, 경기하다, 연주하다; manch 여럿의, 몇몇의; bunt 화려한, 다채로운; die Blume -n, 꽃; der Strand -(e)s, Strände, 해변; die Mutter, Mütter, 어머니; gülden 금의, 금빛의; das Gewand -(e)s, Gewänder, 옷, 의상

[문법/해설]
komm과 geh는 각각 동사 kommen과 gehen의 명령형이다. spiel'은 spiele의 단축형이다. gülden은 형용사 어미변화를 하지 않은 형태로 쓰였다.

> "Mein Vater, mein Vater, und hörest du nicht,
> Was Erlenkönig mir leise verspricht?"
> "Sei ruhig, bleibe ruhig, mein Kind:
> In dürren Blättern säuselt der Wind."

"나의 아버지, 나의 아버지, 아버지는 들리지 않으세요,
마왕이 저에게 낮은 목소리로 약속하는 것이?"
"진정해라, 진정하고 있어라, 내 아가야:
바람이 불어 마른 잎들이 바스락거리는 것이다."

[새김]
mein Vater 나의 아버지, und 그런데, du 아버지는, hörest...nicht 들리지 않으세요, Erlenkönig 마왕이, mir 저에게, leise 낮은 목소리로, was...verspricht 약속하는 것이, sei ruhig 진정해라, bleibe ruhig 진정하고 있어라, mein Kind 내 아가야, in dürren Blättern 마른 나뭇잎에서, der Wind 바람이, säuselt 바스락거리는 것이다.

[단어]
hören 듣다; der Erlkönig = der Erlenkönig -s, -e, 마왕; leise 낮은 목소리로; versprechen 약속하다; ruhig 조용한, 침착한; bleiben - blieb - geblieben 머물다; dürr 마른, 건조한; das Blatt -(e)s, Blätter, 꽃잎, 나뭇잎; säuseln 바스락거리다; der Wind -(e)s, -e, 바람

[문법/해설]
was는 부정관계대명사로서 '~하는 것'이라는 뜻이다. sei와 bleibe는 각각 동사 sein과 bleiben의 명령형이다.

> 'Willst, feiner Knabe, du mit mir gehn?
> Meine Töchter sollen dich warten schön;
> Meine Töchter führen den nächtlichen Reihn
> Und wiegen und tanzen und singen dich ein.'

'착한 소년아, 너 나와 함께 가고 싶니?
내 딸들이 너를 잘 돌보아 줄 것이다;
내 딸들이 밤의 윤무를 추면서
너를 흔들며 춤추고 노래 불러 잠재울 것이다.'

[새김]
feiner Knabe 착한 소년아, du 너, mit mir 나와 함께, willst...gehn 가고 싶니, meine Töchter 내 딸들이, dich 너를, schön 잘, sollen...warten 돌보아 줄 것이다, meine Töchter 내 딸들이, den nächtlichen Reihn 밤의 윤무를, führen...und 추면서, dich 너를, wiegen und 흔들며, tanzen und 춤추고, singen...ein 노래 불러 잠재울 것이다.

[단어]
fein 훌륭한, 섬세한; der Knabe -n, -n, 소년; gehen - ging - gegangen 가다; die Tochter, Töchter, 딸; warten 돌보다; schön 아름다운, 잘; führen 이끌다; nächtlich 밤의; der Reihn -s, -, 윤무; wiegen 흔들다; tanzen 춤추다; einsingen - sang...ein - eingesungen 잠들도록 노래하다

[문법/해설]
willst는 '~하고 싶다'는 뜻의 화법조동사 wollen의 2인칭 단수 현재 형태이다.

> "Mein Vater, mein Vater, und siehst du nicht dort
> Erlkönigs Töchter am düstern Ort?"
> "Mein Sohn, mein Sohn, ich seh es genau:
> Es scheinen die alten Weiden so grau."

"나의 아버지, 나의 아버지, 아버지는 저기 보이지 않으세요
 어두운 곳에 있는 마왕의 딸들이?"
"내 아들아, 내 아들아, 나는 그것을 똑똑히 보고 있다:
그것은 오래된 버드나무들이 그렇게 잿빛으로 빛나는 것이다."

[새김]
mein Vater 나의 아버지, und 그런데, du 아버지는, dort 저기, siehst...nicht 보이지 않으세요, am düstern Ort 어두운 곳에 있는, Erlkönigs Töchter 마왕의 딸들이, mein Sohn 내 아들아, ich 나는, es 그것을, genau 똑똑히, sehe 보고 있다, es 그것은, die alten Weiden 오래된 버드나무들이, so grau 그렇게 잿빛으로, scheinen 빛나는 것이다.

[단어]
sehen - sah - gesehen, du siehst, er sieht, 보다; dort 저기; der Erlkönig = der Erlenkönig -s, -e, 마왕; die Tochter, Töchter, 딸; düster 어두운; der Ort -(e)s, -e, 장소; der Sohn -(e)s, Söhne, 아들; genau 정확한; scheinen - schien - geschienen 빛나다; alt 오래된, 늙은; die Weide -n, 버드나무; grau 잿빛의, 회색의

[문법/해설]
마지막 문장의 es는 허사이며 주어는 die alten Weiden이다.

> 'Ich liebe dich, mich reizt deine schöne Gestalt;
> Und bist du nicht willig, so brauch' ich Gewalt.'
> "Mein Vater, mein Vater, jetzt fasst er mich an!
> Erlkönig hat mir ein Leids getan!"

'나는 너를 사랑한다, 너의 귀여운 모습이 나를 매혹시킨다;
그런데 네가 말을 듣지 않으면, 나는 힘을 사용하겠다.'

"나의 아버지, 나의 아버지, 지금 그가 저를 붙잡아요!
마왕이 저를 아프게 했어요!"

[새김]
ich liebe dich 나는 너를 사랑한다, deine schöne Gestalt 너의 귀여운 모습
이, mich 나를, reizt 매혹시킨다, und bist du nicht willig 그런데 네가 말을
듣지 않으면, so 그러면, brauch' ich Gewalt 나는 힘을 사용하겠다, mein
Vater 나의 아버지, jetzt 지금, er 그가, mich 저를, fasst...an 붙잡아요,
Erlkönig 마왕이, mir 저에게, ein Leids 고통을, hat...getan 가했어요.

[단어]
lieben 사랑하다; reizen 매혹하다, 자극하다; schön 아름다운; die Gestalt -en,
형태, 모습; willig 순종하는; brauchen 사용하다; die Gewalt -en, 폭력, 힘;
jetzt 지금; anfassen 붙잡다; der Erlkönig = der Erlenkönig -s, -e, 마왕;
das Leid -(e)s, 고통; tun - tat - getan (어떤 행위를) 하다

[문법/해설]
und bist du nicht willig는 und wenn du nicht willig bist에서 wenn이 생
략되어 어순이 바뀐 것이다. brauch'는 brauche의 단축형이다. Leids는 Leid의
고어 형태이다.

> Dem Vater grauset's, er reitet geschwind,
> Er hält in Armen das ächzende Kind,
> Erreicht den Hof mit Mühe und Not:
> In seinen Armen das Kind war tot.

아버지는 놀라서, 빨리 말을 달린다,
그는 팔에 신음하는 아이를 안고 있다,
간신히 집에 도착한다:
그의 팔에서 아이는 죽어 있었다.

[새김]
dem Vater grauset's 아버지는 놀라서, er 그는 (아버지는), geschwind 빨리,
reitet 말을 달린다, er 그는, in Armen 팔에, ächzende 신음하는, das...Kind

아이를, hält 안고 있다, mit Mühe und Not 간신히, den Hof 집에, erreicht
도착한다, in seinen Armen 그의 팔에서, das Kind 아이는, war tot 죽어 있
었다.

[단어]
grausen (3격) 무서워 하다, 놀라다; reiten 말을 타다; geschwind 빠른, 민첩
한; halten - hielt - gehalten, du hältst, er hält, 붙잡다; der Arm -(e)s, -e,
팔; ächzen 신음하다; das Kind -(e)s, -er, 어린이; erreichen 도착하다; der
Hof -(e)s, Höfe, 뜰, 집; die Mühe -n, 고생, 수고; die Not, Nöte, 곤궁, 위
급; tot 죽은

[문법/해설]
grauset's는 grauset es의 단축형이며 es는 주어로 쓰인 비인칭대명사이다.
ächzende는 동사 ächzen의 현재분사가 형용사로 쓰여 어미변화를 한 것이다.

Frühlingsglaube
봄의 믿음

Ludwig Uhland (1787~1862)

> Die linden Lüfte sind erwacht,
> Sie säuseln und weben Tag und Nacht,
> Sie schaffen an allen Enden.
> O frischer Duft, o neuer Klang!
> Nun, armes Herze, sei nicht bang!
> Nun muss sich alles, alles wenden.

부드러운 바람이 잠에서 깨어났네,
그 바람이 산들거리며 밤낮없이 부네,
사방 곳곳에서 부네.
오 신선한 향기, 오 새로운 울림!
이제, 가엾은 마음아, 무서워 하지 마라,
이제 모든 것이, 모든 것이 달라지리라.

[새김]

die linden Lüfte 부드러운 바람이, sind erwacht 잠에서 깨어났네, sie 그것이 (바람이), säuseln 산들거리며, Tag und Nacht 밤낮없이, weben 부네, sie 그것이 (바람이), an allen Enden 모든 끝에서 (사방 곳곳에서), schaffen 부네, o frischer Duft 오 신선한 향기, o neuer Klang 오 새로운 울림, nun 이제, armes Herze 가엾은 마음아, sei nicht bang 무서워 하지 마라, nun 이제, alles 모든 것이, muss sich ... wenden 달라지리라.

[단어]

lind 부드러운; die Luft, Lüfte, 바람, 공기; erwachen 잠에서 깨다; säuseln 바스락바스락 소리를 내다; weben 움직이다; der Tag -(e)s, -e, 날, 낮; die Nacht, Nächte, 밤; schaffen - schuf - geschaffen 창조하다, 형성하다; all 모든; das Ende -s, -n, 끝; frisch 신선한; der Duft -(e)s, Düfte, 향기; neu 새로운; der Klang -(e)s, Klänge, 소리, 울림; nun 이제, 지금; arm 가엾은, 가난한; das Herz -ens, -en, 가슴, 마음; bang 불안한, 무서워 하는; alles 모

든 것; wenden (sich) 돌다, 바뀌다

[문법/해설]
제5행의 sei는 동사 sein의 명령형이다. 제6행의 muss는 화법조동사 müssen의
3인칭 단수 현재형이며 추측을 나타낸다.

Die Welt wird schöner mit jedem Tag,
Man weiß nicht, was noch werden mag,
Das Blühen will nicht enden.
Es blüht das fernste, tiefste Tal.
Nun, armes Herz, vergiss der Qual!
Nun muss sich alles, alles wenden.

세상은 날마다 더 아름다워지네,
뭐가 또 어떻게 될지 알 수 없네,
꽃이 피는 일은 그치지 않으리라.
가장 멀고 가장 깊은 계곡에서도 꽃이 피네.
이제, 가엾은 마음아, 고통을 잊어라!
이제 모든 것이, 모든 것이 달라지리라.

[새김]
die Welt 세상은, mit jedem Tag 날마다, wird schöner 더 아름다워지네,
was noch werden mag 뭐가 또 어떻게 될지, man weiß nicht 알 수 없네,
das Blühen 꽃이 피는 일은, will nicht enden 그치지 않으리라, das fernste
tiefste Tal 가장 멀고 가장 깊은 계곡에서도, blüht 꽃이 피네, nun 이제,
armes Herz 가엾은 마음아, der Qual 고통을, vergiss 잊어라, nun 이제, alles
모든 것이, muss sich ... wenden 달라지리라.

[단어]
die Welt -en, 세상, 세계; schön 아름다운; jed- 모든, 각각의; der Tag -(e)s,
-e, 날, 낮; wissen - wusste - gewusst, ich weiß, du weißt, er weiß, 알다;
noch 아직; werden - wurde - geworden, du wirst, er wird, 되다; blühen
꽃이 피다; enden 끝나다; fern 먼; tief 깊은; das Tal -(e)s, Täler, 계곡; nun
이제, 지금; arm 가엾은, 가난한; das Herz -ens, -en, 가슴, 마음; vergessen -

64

vergaß - vergessen, du vergisst, er vergisst, 잊다; die Qual -en, 고통; alles 모든 것; wenden (sich) 돌다, 바뀌다

[문법/해설]
제2행의 mag는 화법조동사 mögen의 3인칭 단수 현재형이며 개연성을 나타낸다. 제3행의 Blühen은 동사 blühen이 명사적으로 쓰인 것이다. will은 화법조동사 wollen의 3인칭 단수 현재형이며 의지를 나타낸다. 제4행의 es는 허사이며 주어는 das fernste, tiefste Tal이다. 제5행의 vergiss는 동사 vergessen의 명령형이다. der Qual은 vergiss의 2격 목적어이다.

[참고]

시인 루트비히 울란트는 1810년 4월 법학 박사 학위를 받았고 한때 변호사 개업도 했었지만 그의 학문적 관심은 중세 독문학에 있었다. 낭만적이며 서정적인 창작 활동도 활발히 했던 그는 1829년 말 튀빙엔 대학교 독문과 비정규 교수로 임용되었다.

한편 현실 참여에도 적극적이었던 그는 뷔르템베르크 주 의회 의원이었으며 1848년 3월 혁명에도 참여하여 프랑크푸르트 국민의회 의원이기도 했다. 그는 그렇게 시인이며 독문학자이고 법률가이며 정치인이었다.

1812년 봄에 쓰인 이 시의 제목 Frühlingsglaube는 독일어 원문에 충실한 직역의 원칙에 따라 〈봄의 믿음〉으로 번역했지만 봄을 맞이하는 시인의 낭만적 정서가 민요풍으로 드러나 있는 작품이므로 의역을 한다면 〈봄의 찬가〉가 적절하다. 어떤 종교적 의미를 부여하여 〈봄의 신앙〉이라고 번역하는 것은 무리이다.

Ganymed
가뉘메트

Johann Wolfgang von Goethe (1749~1832)

Wie im Morgenglanze
Du rings mich anglühst,
Frühling, Geliebter!
Mit tausendfacher Liebeswonne
Sich an mein Herze drängt
Deiner ewigen Wärme
Heilig Gefühl,
Unendliche Schöne!
Dass ich dich fassen möcht'
In diesen Arm!

아침 빛살 속에서처럼
너는 사방에서 나를 비추는구나,
봄이여, 연인이여!
수많은 사랑의 기쁨과 함께
너의 영원한 따뜻함의
성스러운 느낌이
내 마음으로 밀려오네,
무한한 아름다움이여!
나는 너를 이 팔 안으로
끌어안고 싶구나!

[새김]
wie im Morgenglanze 아침 빛살 속에서처럼, du 너는, rings 사방에서, mich 나를, anglühst 비추는구나, Frühling 봄이여, Geliebter 연인이여, mit tausendfacher Liebeswonne 수많은 사랑의 기쁨과 함께, deiner ewigen Wärme 너의 영원한 따뜻함의, heilig Gefühl 성스러운 느낌이, an mein Herze 내 마음으로, sich...drängt 밀려오네, unendliche Schöne 무한한 아름다

움이여, ich 나는, dich 너를, in diesen Arm 이 팔 안으로, dass ... fassen möcht' 끌어안고 싶구나.

[단어]
Ganymed 가뉘메트 (그리스 신화에서 신들의 술 시중을 드는 미소년); der Morgen -s, -, 아침; der Glanz -es, 빛남, 광채; rings 주변에, 사방에; anglühen 비추다; der Frühling -s, -e, 봄; der/die Geliebte -n, -n, 연인; tausendfach 천 배의, 수많은; die Liebe -n, 사랑; die Wonne -n, 기쁨; das Herz -ens, -en, 가슴, 마음; drängen (sich) 밀다, 돌진하다; ewig 영원한; die Wärme 온기, 따뜻함; heilig 신성한; das Gefühl -(e)s, -e, 느낌, 감각; unendlich 끝없는; die Schöne 아름다움; fassen 붙들다; der Arm -(e)s, -e, 팔

[문법/해설]
제3행의 Geliebter는 동사 lieben의 과거분사 geliebt가 명사적으로 쓰여 형용사 어미변화를 한 것이며 Frühling의 문법적 성이 남성이므로 Geliebter도 남성형으로 쓰인 것이다. 제6행의 deiner ewigen Wärme는 2격으로서 heilig Gefühl을 수식한다. 독일어의 2격은 수식하는 명사의 뒤에 오는 것이 보통인데 이렇게 앞에서 명사를 수식할 때도 있다. heilig 다음에는 형용사 어미 es가 생략되었다. möcht'는 möchte의 단축형이다.

Ach, an deinem Busen
Lieg' ich und schmachte,
Und deine Blumen, dein Gras
Drängen sich an mein Herz.
Du kühlst den brennenden
Durst meines Busens,
Lieblicher Morgenwind!
Ruft drein die Nachtigall
Liebend nach mir aus dem Nebeltal.
Ich komm', ich komme!
Ach wohin, wohin?

아, 나는 너의 가슴에

누워서 애태우고,
그리고 너의 꽃, 너의 풀은
나의 마음으로 밀려오네.
너는 내 가슴의 그 불타는
갈증을 식히지,
사랑스러운 아침 바람아!
밤꾀꼬리가 그곳으로 부르네
안개 계곡에서 나를 사랑스럽게 (부르네).
내가 간다, 내가 간다!
아, 어디로, 어디로?

[새김]
ach 아, ich 나는, an deinem Busen 너의 가슴에, lieg' … und schmachte
누워서 애태우고, und 그리고, deine Blumen 너의 꽃, dein Gras 너의 풀은,
an mein Herz 나의 마음으로, drängen sich 밀려오네, du 너는, meines
Busens 내 가슴의, den brennenden 그 불타는, Durst 갈증을, kühlst 식히지,
lieblicher Morgenwind 사랑스러운 아침 바람아, die Nachtigall 밤꾀꼬리가,
drein 그 안으로 (그곳으로), ruft 부르네, aus dem Nebeltal 안개 계곡에서,
nach mir 나를, liebend 사랑스럽게, ich komm' ich komme 내가 간다, 내가
간다, ach wohin wohin 아 어디로 어디로?

[단어]
der Busen -s, -, 가슴; liegen - lag - gelegen 놓여 있다, 누워 있다;
schmachten 애태우다; die Blume -n, 꽃; das Gras -es, Gräser, 풀, 풀밭;
drängen (sich) 밀다, 돌진하다; das Herz -ens, -en, 가슴, 마음; kühlen 식히
다; brennen - brannte - gebrannt 불타다; der Durst -es, 갈증; lieblich 사랑
스러운; der Morgen -s, -, 아침; der Wind -(e)s, -e, 바람; rufen - rief -
gerufen 부르다; drein 그 안으로; die Nachtigall -en, 밤꾀꼬리; lieben 사랑
하다; der Nebel -s, -, 안개; das Tal -(e)s, Täler, 계곡; kommen - kam -
gekommen 오다; wohin 어디로

[문법/해설]
lieg'와 komm'은 각각 liege와 komme의 단축형이다. 제5행의 brennenden은
동사 brennen의 현재분사가 형용사로 쓰여 어미변화를 한 것이다.

Hinauf! strebt's hinauf!
Es schweben die Wolken
Abwärts, die Wolken
Neigen sich der sehnenden Liebe.
Mir! Mir!
In euerm Schoße
Aufwärts!
Umfangend umfangen!
Aufwärts an deinen Busen,
Allliebender Vater!

위로, 열심히 위로!
구름이 떠 있고
아래로, 구름이
그리운 사랑에게로 기우네.
나에게로! 나에게로!
너희들의 무릎에서
위로!
껴안고 껴안겨!
위로 당신의 가슴으로,
만물을 사랑하는 아버지!

[새김]
hinauf 위로, strebt's hinauf 열심히 위로, es ... die Wolken 구름이,
schweben 떠 있고, abwärts 아래로, die Wolken 구름이, der sehnenden
Liebe 그리운 사랑에게로, neigen sich 기우네, mir mir 나에게로 나에게로, in
euerm Schoße 너희들(구름)의 무릎에서, aufwärts 위로, umfangend 껴안고,
umfangen 껴안겨, aufwärts 위로, an deinen Busen 당신의 가슴으로,
allliebender Vater 만물을 사랑하는 아버지!

[단어]
hinauf 위로; streben 노력하다; schweben 떠 있다; die Wolke -n, 구름;
abwärts 아래로; neigen (sich) 기울다; sehnen 그리워하다; die Liebe -n, 사

랑; der Schoß -es, Schöße, 무릎; aufwärts 위로; umfangen - umfing - umfangen, du umfängst, er umfängt, 껴안다, 에워싸다; der Busen -s, -, 가슴; allliebend 만물을 사랑하는, 자애로운; der Vater -s, Väter, 아버지

[문법/해설]
제1행의 strebt's는 strebt es의 단축형이며 es는 비인칭대명사로서 위를 향해 가는 어떤 기운을 가리킨다. 제2행의 es schweben die Wolken에서 es는 허사이며 주어는 die Wolken이다. 제4행의 sehnenden은 동사 sehnen의 현재분사가 형용사로 쓰여 어미변화를 한 것이다. 제8행의 umfangend는 동사 umfangen의 현재분사이며, 그 다음의 umfangen은 과거분사이다. 현재분사의 능동성과 과거분사의 수동성을 잘 나타내 주는 예이다.

Gretchen am Spinnrade
실 잣는 그레트헨

Johann Wolfgang von Goethe (1749~1832)

Meine Ruh' ist hin,
Mein Herz ist schwer,
Ich finde sie nimmer
Und nimmermehr.

나의 평온은 사라지고,
내 마음은 무겁구나,
나는 그 평온을 결코 찾지 못하리,
다시는 찾지 못하리.

[새김]
meine Ruh' 나의 평온은, ist hin 사라지고, mein Herz 내 마음은, ist
schwer 무겁구나, ich 나는, sie 그것을(그 평온을), finde...nimmer 결코 찾지
못하리, und nimmermehr 다시는 찾지 못하리.

[단어]
Gretchen 그레트헨 (파우스트의 여주인공 이름); das Spinnrad -(e)s, ...räder,
물레; die Ruhe -n, 고요, 평온; hin (멀어지는 방향으로) 저리로; das Herz
-ens, -en, 마음, 가슴; schwer 무거운; finden - fand - gefunden 찾다, 발견
하다; nimmer 결코 ~ 않다; nimmermehr 결코 ~ 않다

[문법/해설]
Ruh'는 Ruhe의 단축형이다.

Wo ich ihn nicht hab',
Ist mir das Grab,
Die ganze Welt
Ist mir vergällt.

내가 그를 갖고 있지 않은 곳은,

71

나에게는 무덤이지,
온 세상이
나에게는 삭막한 곳이지.

[새김]
ich 내가, ihn 그를, nicht hab' 갖고 있지 않은, wo 곳은, mir 나에게는, ist
... das Grab 무덤이지, die ganze Welt 온 세상이, mir 나에게는,
ist...vergällt 삭막한 곳이지.

[단어]
das Grab -es, Gräber, 무덤; ganz 완전한, 모든; die Welt -en, 세상;
vergällen ~에게서 기쁨을 빼앗다, 망치다

[문법/해설]
hab'은 habe의 단축형이다.

> Mein armer Kopf
> Ist mir verrückt,
> Mein armer Sinn
> Ist mir zerstückt.

내 가엾은 머리는
미쳐 버렸네,
내 가엾은 마음은
찢어져 버렸네.

[새김]
mein 내, armer 가엾은, Kopf 머리는, ist mir verrückt 미쳐 버렸네, mein
내, armer 가엾은, Sinn 마음은, ist mir zerstückt 찢어져 버렸네.

[단어]
arm 가엾은; der Kopf -(e)s, Köpfe, 머리; verrückt 미친; der Sinn -(e)s, -e,
감각, 생각, 마음; zerstücken 잘게 나누다, 토막내다

72

[문법/해설]
두 개의 **mir**는 감정이나 심리 상태를 나타내는 3격이다.

> Nach ihm nur schau' ich
> Zum Fenster hinaus,
> Nach ihm nur geh' ich
> Aus dem Haus.

오직 그를 찾아 나는
창밖을 내다보네,
오직 그를 찾아 나는,
집을 나서서 길을 걷네.

[새김]
nur 오직, nach ihm 그를 찾아, ich 나는, zum Fenster 창, schau'...hinaus 밖을 내다보네, nur 오직, nach ihm 그를 찾아, ich 나는, aus dem Haus 집을 나서서, geh' 길을 걷네.

[단어]
nach (3격지배 전치사) (방향이나 의지의 대상으로서) ~을 향해; nur 오직, hinausschauen 밖을 내다보다; das Fenster -s, -, 창, 창문; gehen - ging - gegangen 가다, 걷다; das Haus -es, Häuser, 집

[문법/해설]
schau'는 schaue의 단축형이다. geh'는 gehe의 단축형이다.

> Sein hoher Gang,
> Sein' edle Gestalt,
> Seines Mundes Lächeln,
> Seiner Augen Gewalt.

그의 곧은 걸음,
그의 기품 있는 자태,
그의 입가의 미소,

그의 눈빛의 권능.

[새김]

sein 그의, hoher 높은 (곧은), Gang 걸음, sein' 그의, edle 기품 있는, Gestalt 자태, seines 그의, Mundes 입의 (입가의), Lächeln 미소, seiner 그의, Augen 눈의 (눈빛의), Gewalt 힘 (권능).

[단어]

hoch (höher, höchst) 높은; der Gang -(e)s, Gänge, 걸음걸이; edel 기품 있는, 고상한; die Gestalt -en, 형태, 형상; der Mund -(e)s, Münder, 입; das Lächeln -s, -, 미소; das Auge -s, -n, 눈; die Gewalt -en, 힘

[문법/해설]

hoch는 부가어적 용법으로 쓰일 때 c가 탈락하므로 hoher가 된 것이다. sein'은 seine의 단축형이다. edle는 edele에서 e가 생략된 형태이다. seines Mundes와 seiner Augen은 2격으로서 각각 Lächeln과 Gewalt를 수식한다. 독일어의 2격 은 수식하는 명사의 뒤에 오는 것이 보통인데 이렇게 앞에서 명사를 수식할 때 도 있다.

> Und seiner Rede
> Zauberfluss,
> Sein Händedruck,
> Und ach, sein Kuss!

그리고 그의 말의
마법 같은 흐름,
그의 악수,
그리고 아, 그의 키스!

[새김]

und 그리고, seiner Rede 그의 말의, Zauberfluss 마법 같은 흐름 ('그의 말의 마법 같은 흐름'은 그가 말을 마법처럼 유창하게 잘하여 사람을 매혹시킨다는 의미), sein Händedruck 그의 악수, und 그리고, ach 아, sein Kuss 그의 키 스!

die Rede -n, 말, 연설; der Zauber -s, -, 마법; der Fluss -es, Flüsse, 강, 흐름; der Händedruck -(e)s, ...drücke, 악수; der Kuss -es, Küsse, 키스

[문법/해설]
seiner Rede는 2격으로서 Zauberfluss를 수식한다. 독일어의 2격은 수식하는 명사의 뒤에 오는 것이 보통인데 이렇게 앞에서 명사를 수식할 때도 있다.

> Mein Busen drängt sich
> Nach ihm hin.
> Ach dürft' ich fassen
> Und halten ihn,

내 가슴은
그를 향해 밀려가네.
아 내가 그를 잡아서
붙들어도 된다면 (좋을 텐데),

[새김]
mein 내, Busen 가슴은, nach ihm 그를 향해, drängt sich ... hin 밀려가네, ach 아, ich 내가, ihn 그를, fassen und halten 잡아서 붙들어도, dürft' 된다면 (그래도 괜찮다면 좋을 텐데),

[단어]
der Busen -s, -, 가슴; hindrängen (sich) 몰려가다, 밀려가다; fassen 붙잡다, 잡다; halten - hielt - gehalten, du hältst, er hält, 붙들다

[문법/해설]
dürft'는 dürfte의 단축형이다. dürfte는 화법조동사 dürfen의 접속법 2식 형태로서 조심스럽게 드러내는 소망의 표현이다.

> Und küssen ihn,
> So wie ich wollt',
> An seinen Küssen

| Vergehen sollt'!

그리고 내가 원하는 대로,
그에게 키스해도 된다면 (좋을 텐데),
그가 키스해 준다면
(나는) 죽고 말거야!

[새김]
und 그리고, ich wollt' 내가 원하는, so wie 대로, ihn 그에게, küssen 키스해
도 (된다면), an seinen Küssen 그의 키스에 (그가 키스해 준다면),
vergehen...sollte' (나는 너무 좋아서) 죽고 말거야!

[단어]
küssen 키스하다; der Kuss -es, Küsse, 키스; vergehen - verging -
vergangen 사라지다, 소멸되다, 죽다

[문법/해설]
제1행의 und küssen ihn은 앞 연의 dürft'에 연결된다. wollt'는 화법조동사
wollen의 접속법 2식 형태인 wollte의 단축형으로서 부드럽게 드러내는 의지의
표현이다. sollt'는 화법조동사 sollen의 접속법 2식 형태인 sollte의 단축형으로
서 가정이나 가능성을 나타낸다. an seinen Küssen에서 an은 조건의 의미를 갖
는다.

Heidenröslein
들장미

Johann Wolfgang von Goethe (1749~1832)

Sah ein Knab' ein Röslein stehen,
Röslein auf der Heiden,
War so jung und morgenschön,
Lief er schnell, es nah zu sehn,
Sah's mit vielen Freuden.
Röslein, Röslein, Röslein rot,
Röslein auf der Heiden.

어떤 소년이 장미 한 송이가 있는 것을 보았네,
들에 핀 장미,
갓 피어나서 아침처럼 아름다웠네,
그는 장미를 가까이 보려고 재빨리 달려가서,
많은 기쁨으로 그 장미를 보았네.
장미, 장미, 빨간 장미,
들에 핀 장미.

[새김]
ein Knab' 어떤 소년이, ein Röslein 장미 한 송이가, stehen 있는 것을, sah 보았네, auf der Heiden 들판에 있는 (들에 핀), Röslein 장미, so jung und 갓 피어나서, war...morgenschön 아침처럼 아름다웠네, er 그는, es 장미를, nah 가까이, zu sehn 보려고, schnell 재빨리, lief 달려가서, mit vielen Freuden 많은 기쁨으로, sah's 그 장미를 보았네, Röslein Röslein 장미 장미, Röslein rot 빨간 장미, auf der Heiden 들판에 있는 (들에 핀), Röslein 장미.

[단어]
sehen - sah - gesehen, du siehst, er sieht, 보다; der Knabe -n, -n, 소년; die Rose -n, 장미; stehen - stand - gestanden 서 있다; die Heide -n, 황야, 들; jung 젊은, 어린; morgenschön 아침처럼 아름다운; laufen - lief - gelaufen, du läufst, er läuft, 달리다; schnell 빠른; nah 가까운; viel 많은;

die Freude -n, 즐거움, 기쁨; rot 빨간

[문법/해설]
제1행의 Knab'은 Knabe의 단축형이다. Röslein은 Rose의 축소명사이다. 축소
명사는 작고 귀여운 의미를 갖는다. sah가 지각동사이므로 동사 원형 stehen이
쓰였다. 제4행의 sehn은 sehen에서 e가 생략된 형태이다. 제5행의 sah's는 sah
es의 단축형이며 es는 장미를 가리킨다.

Knabe sprach: Ich breche dich,
Röslein auf der Heiden!
Röslein sprach: Ich steche dich,
Dass du ewig denkst an mich,
Und ich will's nicht leiden.
Röslein, Röslein, Röslein rot,
Röslein auf der Heiden.

소년이 말했지: 나는 너를 꺾을 거야.
들에 핀 장미!
장미가 말했지: 나는 너를 찌를 거야,
네가 나를 영원히 생각하도록,
그리고 나는 그 고통을 당하지 않겠어.
장미, 장미, 빨간 장미,
들에 핀 장미.

[새김]
Knabe 소년이, sprach 말했지, ich 나는, dich 너를, breche 꺾을 거야, auf
der Heiden 들판에 있는 (들에 핀), Röslein 장미, Röslein 장미가, sprach 말
했지, ich 나는, dich 너를, steche 찌를 거야, du 네가, an mich 나를, ewig
영원히, dass...denkst 생각하도록, und 그리고, ich 나는, 's 그것을 (그 꺾이는
고통을), will ... nicht leiden 당하지 않겠어, Röslein Röslein 장미 장미,
Röslein rot 빨간 장미, auf der Heiden 들판에 있는 (들에 핀), Röslein 장미.

[단어]
der Knabe -n, -n, 소년; sprechen - sprach - gesprochen, du sprichst, er

78

spricht, 말하다; brechen - brach - gebrochen, du brichst, er bricht, 꺾다;
die Heide -n, 황야, 들; stechen - stach - gestochen, du stichst, er sticht,
찌르다; ewig 영원한; denken - dachte - gedacht 생각하다; leiden - litt -
gelitten 겪다, 당하다; rot 빨간

[문법/해설]
제5행의 will's는 will es의 단축형이며 es는 꺾이는 고통을 의미한다. will은
의지를 나타내는 화법조동사 wollen의 3인칭 단수 형태이다.

Und der wilde Knabe brach
's Röslein auf der Heiden;
Röslein wehrte sich und stach,
Half ihm doch kein Weh und Ach,
Musst es eben leiden.
Röslein, Röslein, Röslein rot,
Röslein auf der Heiden.

그리고 그 거친 소년은 꺾었네
들에 핀 그 장미를;
장미는 저항했고 찔렀네,
비탄과 비명은 장미에게 아무런 도움이 되지 않았네,
장미는 막 고통을 당해야 했네.
장미, 장미, 빨간 장미,
들에 핀 장미.

[새김]
und 그리고, der wilde Knabe 그 거친 소년은, brach 꺾었네, auf der
Heiden 들판에 있는 (들에 핀), 's Röslein 그 장미를, Röslein 장미는, wehrte
sich und 저항했고, stach 찔렀네, Weh und Ach 비탄과 비명은, ihm 그에게
(장미에게), half ... doch kein 아무런 도움이 되지 않았네, es 장미는, eben
막, musst...leiden 고통을 당해야 했네, Röslein Röslein 장미 장미, Röslein
rot 빨간 장미, auf der Heiden 들판에 있는 (들에 핀), Röslein 장미.

[단어]

wild 거친, 야생의; der Knabe -n, -n, 소년; brechen - brach - gebrochen, du brichst, er bricht, 꺾다; die Heide -n, 황야, 들; wehren (sich) 저항하다; stechen - stach - gestochen, du stichst, er sticht, 찌르다; helfen - half - geholfen, du hilfst, er hilft, (3격) ~를 돕다; doch 그러나, das Weh -(e)s, -e, 고통; Weh und Ach 고통과 비명, 비탄과 비명; eben 막, 어쩔 수 없이; rot 빨간

[문법/해설]
제2행의 's는 das의 단축형이다. 제5행의 musst는 강제성을 나타내는 화법조동사 müssen의 과거형 musste에서 e가 생략된 형태이다.

[참고]

이 시는 괴테가 21세였던 1770년에 쓴 것이다. 당시 괴테는 학업을 위해 '슈트라스부르크 Straßburg'에 머물렀으며 그때 만났던 '프리데리케 브리온 Friederike Brion'과의 사랑을 소재로 한 시들 중 하나이다.

1602년에 '파울 폰 데어 알스트 Paul von der Aelst'가 출간한 민요집에 실려 있는 '그녀는 장미를 닮았네 Sie gleicht wohl einem Rosenstock'의 가사와 유사하지만 괴테가 그 노래를 알고 있었는지의 여부는 불분명하다.

괴테는 이 시를 1789년에 발표했고 슈베르트가 곡을 붙인 것은 1815년이었다.

Im Abendrot
저녁노을에

Karl Lappe (1773~1843)

O wie schön ist deine Welt,
Vater, wenn sie golden strahlet!
Wenn dein Glanz herniederfällt,
Und den Staub mit Schimmer malet;
Wenn das Rot, das in der Wolke blinkt,
In mein stilles Fenster sinkt!

오 아버지의 세계는 참으로 아름답군요,
아버지, 그것이 (아버지의 세계가) 금빛으로 빛날 때!
아버지의 광채가 아래로 내려와서,
은은한 빛으로 속세를 물들일 때;
구름 속에서 반짝이는 그 붉은 빛이,
저의 조용한 창 안으로 들어올 때!

[새김]

o 오, deine Welt 아버지의 세계는, wie schön ist 참으로 아름답군요, Vater 아버지, sie 그것이 (아버지의 세계가), golden 금빛으로, wenn...strahlet 빛날 때, dein Glanz 아버지의 광채가, herniederfällt und 아래로 내려와서, mit Schimmer 은은한 빛으로, den Staub 속세를, wenn...malet 물들일 때, in der Wolke 구름 속에서, blinkt 반짝이는, das 그, das Rot 붉은 빛이, in mein stilles Fenster 저의 조용한 창 안으로, wenn...sinkt 들어올 때!

[단어]

das Abendrot -s, -, 저녁노을; schön 아름다운; die Welt -en, 세계, 세상; der Vater -s, Väter, 아버지; golden 금의, 금빛의; strahlen 빛을 발하다, 빛나다; der Glanz -es, 빛남, 광채; herniederfallen - fiel...hernieder - herniedergefallen, du fällst...hernieder, er fällt...hernieder, 아래로 떨어지다; der Staub -(e)s, 먼지, 티끌, 속세; der Schimmer -s, 은은한 빛, 어스름; malen 물들이다, 그림 그리다; das Rot -s, -, 빨강; die Wolke -n, 구름;

81

blinken 빛나다, 반짝이다; still 조용한, 고요한; das Fenster -s, -, 창, 창문; sinken - sank - gesunken 가라앉다, 하강하다

[문법/해설]
제1행의 wie는 감탄문을 이끄는 부사이다. strahlet와 malet는 각운을 맞추기 위해 각각 strahlt와 malt에 e가 첨가된 것이다. das in der Wolke blinkt는 관계문장이며 관계대명사 das의 선행사는 das Rot이다.

> Könnt' ich klagen, könnt' ich zagen?
> Irre sein an dir und mir?
> Nein, ich will im Busen tragen
> Deinen Himmel schon allhier.
> Und dies Herz, eh' es zusammenbricht,
> Trinkt noch Glut und schlürft noch Licht.

제가 원망을 하겠습니까, 제가 겁을 내겠습니까?
아버지와 저에 대해서 미심쩍어 하겠습니까?
아닙니다, 저는 가슴속에 품으렵니다
아버지의 하늘을 꼭 바로 여기에 (가슴속에).
그리고 이 심장은, 그것이 (심장이) 무너지기 전에,
아직은 열기를 마시고 빛도 마시겠습니다.

[새김]
ich 제가, könnt'...klagen 원망을 하겠습니까, ich 제가, könnt'...zagen 겁을 내겠습니까, an dir und mir 아버지와 저에 대해서, irre sein 미심쩍어 하겠습니까, nein 아닙니다, ich 저는, im Busen 가슴속에, will...tragen 품으렵니다, deinen Himmel 아버지의 하늘을, schon allhier 꼭 바로 여기에, und 그리고, dies Herz 이 심장은, es 그것이 (심장이), eh'...zusammenbricht 무너지기 전에, noch Glut 아직은 열기를, trinkt...und 마시고, noch Licht 빛도, schlürft 마시겠습니다.

[단어]
klagen 원망하다, 불평하다; zagen 겁내다, 주저하다; irre 헷갈리는, 미심쩍은, 혼란스러운; der Busen -s, -, 가슴; tragen - trug - getragen, du trägst, er

82

trägt, 지니다, 품다; der Himmel -s, -, 하늘; schon (강조) 꼭; allhier 바로 여기에; das Herz -ens, -en, 마음, 심장; ehe ~ 전에; zusammenbrechen - brach...zusammen - zusammengebrochen, du brichst...zusammen, er bricht...zusammen, 무너지다, 붕괴하다; trinken - trank - getrunken 마시다; noch 아직, 게다가; die Glut -en, 작열, 열기; schlürfen 천천히 음미하며 마시다; das Licht -(e)s, -er, 빛

[문법/해설]
제1행의 könnt'는 könnte의 단축형이며 화법조동사 können의 접속법 2식 형태이다. 겸손한 가정으로서 '그럴 리가 있겠느냐'는 의미로 쓰였다. irre sein 앞에는 könnt' ich가 생략되었다. 제5행의 eh'는 ehe의 단축형이다. 마지막 행의 noch는 eh'와 연관된다. 즉 ~하기 전에 아직은 ~을 할 것이라는 표현이다. Glut는 저녁노을의 붉은 열기를, Licht는 저녁노을의 빛을 가리킨다.

[참고]
시적 화자가 저녁노을을 보면서 세상의 아름다움과 신의 존재를 느낀다. 노을빛이 "저의 조용한 창 안으로" 들어온다는 표현으로 미루어 그는 홀로 무거운 침잠의 상태에 있는 것으로 보인다.

다음에 이어지는 말은 그의 신앙심이 흔들렸음을 암시한다. 원망도 두려움도 의심도 다 버리겠다는 표현은 곧 그가 그러한 감정들에 사로잡혀 있었다는 진솔한 고해나 다름없기 때문이다.

그러나 그는 티끌마저 붉게 물들이는 저녁노을을 보면서 새삼 신의 은총을 자각한다. 그는 이제 오직 신의 섭리를 따르며 "심장이 무너지기 전에" (생명이 있는 한) 신이 부여하는 따뜻함과 밝음을 마음에 품고 살겠다는 맹세를 한다.

이 시는 목사의 아들로 태어나 신학과 철학을 공부한 시인이 45세였던 1818년 1월에 발표한 시이다. 정확한 시기는 알 수 없으나 1817년 중병으로 교직을 그만두던 무렵에 쓴 것으로 추정된다. 삶의 힘든 시기에 있던 시인의 자기 고백으로 읽히는 시이다.

Liebe schwärmt auf allen Wegen
사랑은 곳곳에 무리 지어 다니네

Johann Wolfgang von Goethe (1749~1832)

> Liebe schwärmt auf allen Wegen;
> Treue wohnt für sich allein.
> Liebe kommt euch rasch entgegen;
> Aufgesucht will Treue sein.

사랑은 곳곳에 무리 지어 다니지만;
지조는 홀로 살고 있네.
사랑은 너희들에게 재빨리 다가오지만;
지조를 찾아야 하네.

[새김]
Liebe 사랑은, auf allen Wegen 모든 길에 (곳곳에), schwärmt 무리 지어 다니지만, Treue 지조는 für sich allein 홀로, wohnt 살고 있네, Liebe 사랑은, euch 너희들에게, rasch 재빨리, kommt...entgegen 다가오지만, Treue 지조는 (지조를), aufgesucht will ... sein 찾아져야 하네 (찾아야 하네).

[단어]
die Liebe -n, 사랑; schwärmen 떼를 지어 이동하다; der Weg -(e)s, -e, 길; die Treue 신의, 지조, 절개; wohnen 살다, 거주하다; allein 홀로, 다만; entgegenkommen - kam...entgegen - entgegengekommen 다가오다; rasch 재빠른, 성급한; aufsuchen 찾아가다, 방문하다

[문법/해설]
마지막 행은 각운을 맞추기 위해서 어순이 바뀌었다. 일반적인 어순으로 다시 쓰면 Treue will aufgesucht sein이다. 'wollen+과거분사+sein'은 'müssen+과거분사+werden'과 같은 의미이다. 그러므로 Treue muss aufgesucht werden. 으로 고쳐 쓸 수 있다. 같은 구조의 예문을 하나 들면 Auch das Lernen will gelernt sein. → Auch das Lernen muss gelernt werden. 공부도 배워져야 한다 (공부하는 방법도 배워야 한다).

Lied der Mignon - Kennst du das Land?
미뇽의 노래 - 그 나라를 아시나요?

Johann Wolfgang von Goethe (1749~1832)

> Kennst du das Land, wo die Zitronen blühn,
> Im dunklen Laub die Goldorangen glühn,
> Ein sanfter Wind vom blauen Himmel weht,
> Die Myrte still und hoch der Lorbeer steht?
> Kennst du es wohl?
> Dahin, dahin
> Möcht' ich mit dir, o mein Geliebter, ziehn.

그 나라를 당신은 아시나요, 레몬 꽃 피는 곳,
짙은 나뭇잎에서 금빛 오렌지가 빛나고,
부드러운 바람이 푸른 하늘에서 불고,
도금양이 조용히 그리고 월계수가 높이 서 있는 곳,
그 나라를 당신은 혹시 아시나요?
그곳으로, 그곳으로
저는 당신과 함께, 오 나의 사랑하는 이여, 가고 싶어요.

[새김]
das Land 그 나라를, du 당신은, kennst 아시나요, die Zitronen 레몬,
wo...blühn 꽃 피는 곳, im dunklen Laub 짙은 나뭇잎에서, die Goldorangen
금빛 오렌지가, glühn 빛나고, ein sanfter Wind 부드러운 바람이, vom
blauen Himmel 푸른 하늘에서, weht 불고, die Myrte 도금양이, still 조용히,
und 그리고, der Lorbeer 월계수가, hoch 높이, steht 서 있는 곳, es 그것을
(그 나라를), du 당신은, wohl 혹시, kennst 아시나요, dahin 그곳으로, ich 저
는, mit dir 당신과 함께, o mein Geliebter 오 나의 사랑하는 이여,
möcht'...ziehn 가고 싶어요.

[단어]
das Lied -(e)s, -er, 노래; Mignon (여자 이름) 미뇽; kennen - kannte -

gekannt 알다; das Land -(e)s, Länder, 국가, 나라; die Zitrone -n, 레몬; blühen 꽃이 피다; dunkel 어두운; das Laub -(e)s, 나뭇잎; die Goldorange -n, 금빛 오렌지; glühen 빛나다; sanft 부드러운; der Wind -(e)s, -e, 바람; blau 푸른; der Himmel -s, -, 하늘; wehen 바람이 불다; die Myrte -n, 도금양 나무; still 조용한; hoch 높은; Lorbeer -s, -en, 월계수; stehen - stand - gestanden 서 있다; wohl 혹시; dahin 그곳으로; der/die Geliebte -n, -n, 연인; ziehen - zog - gezogen 이주하다, 이사하다

[문법/해설]
제1행의 wo는 장소를 나타내는 관계부사로서 선행사는 das Land이다. wo 이하 steht까지는 모두 wo에 연결되어 das Land를 설명하는 부문장이다. blühn, glühn, ziehn은 각각 blühen, glühen, ziehen에서 e가 생략된 형태이다. 마지막 행의 möcht'는 möchte의 단축형이다. Geliebter는 동사 lieben의 과거분사가 명사적으로 사용된 것이다.

Kennst du das Haus? Auf Säulen ruht sein Dach,
Es glänzt der Saal, es schimmert das Gemach,
Und Mamorbilder stehn und sehn mich an:
Was hat man dir, du armes Kind, getan?
Kennst du es wohl?
Dahin, dahin
Möcht' ich mit dir, o mein Beschützer, ziehn.

그 집을 당신은 아시나요? 기둥들 위에 지붕이 놓여 있고,
홀이 찬란하고, 방은 은은히 밝고,
그리고 대리석상들이 서서 나를 바라보며:
사람들이 너에게, 너 가엾은 아이야, 무슨 짓을 했느냐? (라고 묻는 그 집을)
그 집을 당신은 혹시 아시나요?
그곳으로, 그곳으로
저는 당신과 함께, 오 나의 보호자여, 가고 싶어요.

[새김]
das Haus 그 집을, du 당신은, kennst 아시나요, auf Säulen 기둥들 위에,

sein Dach 그 집의 지붕이 (지붕이), ruht 놓여 있고, es ... der Saal 홀이, glänzt 찬란하고, es ... das Gemach 방은, schimmert 은은히 밝고, und 그리고, Mamorbilder 대리석상들이, stehn und 서서, mich 나를, sehn...an 바라보며, man 사람들이, dir 너에게, du armes Kind 너 가엾은 아이야, was hat ... getan 무슨 짓을 했느냐, es 그것을 (그 집을), du 당신은, wohl 혹시, kennst 아시나요, dahin 그곳으로, ich 저는, mit dir 당신과 함께, o mein Beschützer 오 나의 보호자여, möcht'...ziehn 가고 싶어요.

[단어]

kennen - kannte - gekannt 알다; das Haus -(e)s, Häuser, 집; die Säule -n, 기둥; ruhen (auf D) ~을 토대로 하다; das Dach -(e)s, Dächer, 지붕; glänzen 빛나다; der Saal -(e)s, Säle, 홀, 강당; schimmern 희미하게 빛나다; das Gemach -(e)s, ...mächer, 방; das Mamorbild -(e)s, ...bilder, 대리석상; stehen - stand - gestanden 서 있다; ansehen - sah...an - angesehen, du siehst...an, er sieht...an, 바라보다; arm 가엾은; das Kind -(e)s, -er, 아이, tun - tat - getan 하다; wohl 혹시; dahin 그곳으로; der Beschützer -s, -, 보호자; ziehen - zog - gezogen 이주하다, 이사하다

[문법/해설]

es glänzt der Saal에서 es는 허사이고 주어는 der Saal이다. es schimmert das Gemach에서 es는 허사이고 주어는 das Gemach이다. stehn과 sehn은 각각 stehen과 sehen에서 e가 생략된 형태이다. möcht'는 möchte의 단축형이다.

> Kennst du den Berg und seinen Wolkensteg?
> Das Maultier sucht im Nebel seinen Weg,
> In Höhlen wohnt der Drachen alte Brut,
> Es stürzt der Fels und über ihn die Flut.
> Kennst du ihn wohl?
> Dahin, dahin
> Geht unser Weg! o Vater, lass uns ziehn!

그 산과 그 구름 덮인 산길을 당신은 아시나요?
노새가 안개 속에서 길을 찾고,
동굴에는 용의 오래된 알이 있고,

암벽이 가파르고 그 위로는 폭포가 (흘러요).
그 산을 당신은 혹시 아시나요?
그곳으로, 그곳으로
우리의 길이 가요! 오 아버지, 우리 가요!

[새김]

den Berg und 그 산과, seinen Wolkensteg 그 구름 덮인 산길을, du 당신은, kennst 아시나요, das Maultier 노새가, im Nebel 안개 속에서, seinen Weg (그의) 길을, sucht 찾고, in Höhlen 동굴에는, der Drachen 용의, alte Brut 오래된 알이, wohnt 살고 (있고), es ... der Fels 암벽이, stürzt und 가파르고, über ihn 그 위로, die Flut 폭포가 (흘러요), ihn 그 산을, du 당신은, wohl 혹시, kennst 아시나요, dahin 그곳으로, unser Weg 우리의 길이, geht 가요, o Vater 오 아버지, lass uns ziehn 우리 가요!

[단어]

kennen - kannte - gekannt 알다; der Berg -(e)s, -e, 산; der Wolkensteg -(e)s, -e, 구름 덮인 산길; das Maultier -(e)s, -e, 노새; suchen 찾다; der Nebel -s, 안개; der Weg -(e)s, -e, 길; die Höhle -n, 동굴; wohnen 살다, 거주하다; der Drache -n, -n, 용; alt 오래된, 늙은; die Brut -en, 알, 유충; stürzen 추락하다; der Fels -en, -en, 바위; die Flut -en, 밀물; wohl 혹시; dahin 그곳으로; gehen - ging - gegangen 가다; der Vater -s, Väter, 아버지; lassen - ließ - gelassen, du lässt, er lässt, ~하게 하다; ziehen - zog - gezogen 이동하다, 이주하다

[문법/해설]

제3행의 der Drachen은 2격으로서 alte Brut를 수식한다. 독일어의 2격은 수식하는 명사의 뒤에 오는 것이 보통인데 이렇게 앞에서 명사를 수식할 때도 있다. 여기에서는 각운을 맞추기 위한 것이다. 일반적인 어순으로 고쳐 쓰면 alte Brut der Drachen이다. es stürzt der Fels에서 es는 허사이고 주어는 der Fels이다. 마지막 행의 lass uns ziehn은 단수 2인칭에 대한 청유형이다. ziehn은 ziehen 에서 e가 생략된 형태이다.

[참고]

이 시는 괴테의 소설 『빌헬름 마이스터의 수업시대』에서 미뇽이 부르는 노래이

다. 여기서 미뇽이 말하는 나라는 이탈리아를 가리킨다. 미뇽은 이탈리아 출신이다.

제2연에서 "사람들이 너에게 무슨 짓을 했느냐"는 말은 미뇽이 어렸을 때 곡예단에 유괴되어 이곳에 왔음을 암시한다.

제1연에서 '사랑하는 이', 제2연에서 '보호자' 그리고 제3연에서 '아버지'로 호칭되는 사람은 이 소설의 주인공 빌헬름이다. 빌헬름은 미뇽을 곡예단에서 구해주었고 미뇽은 빌헬름을 사랑한다.

이 노래는 『빌헬름 마이스터의 수업시대』 제3권의 맨 처음에 나오는데 노래가 끝난 뒤 괴테는 "dahin, dahin 그곳으로, 그곳으로" 구절에는 "eine unwiderstehliche Sehnsucht 억제할 수 없는 그리움"이 담겨 있었다고 묘사했다.

Lied der Mignon - Nur wer die Sehnsucht kennt
미뇽의 노래 - 오직 그리움을 아는 사람만

Johann Wolfgang von Goethe (1749~1832)

Nur wer die Sehnsucht kennt
Weiß, was ich leide!
Allein und abgetrennt
Von aller Freude,
Seh' ich an's Firmament
Nach jener Seite.
Ach! der mich liebt und kennt,
Ist in der Weite.
Es schwindelt mir, es brennt
Mein Eingeweide.
Nur wer die Sehnsucht kennt
Weiß, was ich leide!

오직 그리움을 아는 사람만
내가 무슨 고통을 겪는지 알지!
모든 기쁨으로부터
홀로 떨어져,
나는 하늘을 보네
저쪽을 (저쪽 하늘을 보네).
아! 나를 사랑하고 나를 아는 그는
멀리 있구나.
나는 어지럽고, 타네
내 속이.
오직 그리움을 아는 사람만
내가 무슨 고통을 겪는지 알지!

[새김]

nur 오직, die Sehnsucht 그리움을, wer...kennt 아는 사람만, ich 내가, was...leide 무슨 고통을 겪는지, weiß 알지, von aller Freude 모든 기쁨으로부터, allein und abgetrennt 홀로 떨어져, ich 나는, an's Firmament 하늘을, seh' 보네, nach jener Seite 저쪽을 (저쪽 하늘을 보네), ach 아, mich 나를, liebt und 사랑하고, kennt 아는, der 그는, in der Weite 멀리, ist 있구나, es schwindelt mir 나는 어지럽고, es brennt 타네, mein Eingeweide 내 속이, nur 오직, die Sehnsucht 그리움을, wer...kennt 아는 사람만, ich 내가, was...leide 무슨 고통을 겪는지, weiß 알지.

[단어]
das Lied -(e)s, -er, 노래; Mignon (여자 이름) 미뇽; nur 오직; wer (부정관계대명사) ~하는 사람; die Sehnsucht 그리움, 동경; kennen - kannte - gekannt (경험으로) 알다; wissen - wusste - gewusst, ich weiß, du weißt, er weiß, (지식으로) 알다; leiden - litt - gelitten (고통을) 겪다; allein 홀로, 혼자; abtrennen 분리하다, 떨어지다; all 모든; die Freude -n, 기쁨, 즐거움; sehen - sah - gesehen, du siehst, er sieht, 보다; das Firmament -(e)s, 하늘; die Seite -n, 면, 쪽, 편; lieben 사랑하다; die Weite -n, 먼 곳; schwindeln 어지럽다, 현기증 나다; brennen - brannte - gebrannt 불타다; das Eingeweide -s, -, 내장, 창자

[문법/해설]
제3행의 abgetrennt는 동사 abtrennen의 과거분사이며 von과 연결되어 '~로부터 떨어져 있다'는 뜻이다. seh'는 sehe의 단축형이다. an's는 an das의 단축형이다. 제7행의 der mich liebt und kennt에서 der는 '~하는 사람'이라는 의미의 부정관계대명사 wer의 대용으로 쓰였다. 제9행의 es schwindelt mir에서 es는 비인칭대명사이다. es brennt에서 es는 허사이고 주어는 mein Eingeweide 이다.

[참고]
이 시는 괴테의 소설 『빌헬름 마이스터의 수업시대』의 제4권 11장에서 미뇽이 부르는 노래이다.

Meeres Stille
바다의 고요

Johann Wolfgang von Goethe (1749~1832)

Tiefe Stille herrscht im Wasser,
Ohne Regung ruht das Meer,
Und bekümmert sieht der Schiffer
Glatte Fläche ringsumher.
Keine Luft von keiner Seite!
Todesstille fürchterlich!
In der ungeheueren Weite
Reget keine Welle sich.

깊은 고요가 물속을 지배하네,
움직임 없이 바다는 쉬네,
그리고 뱃사공은 걱정스럽게 보네
매끄러운 수면 주위를.
어느 쪽에서도 바람이 없네!
죽은 듯한 고요가 두렵네!
엄청나게 넓은 곳에서
물결 하나 일지 않네.

[새김]

tiefe Stille 깊은 고요가, im Wasser 물속을, herrscht 지배하네, ohne Regung 움직임 없이, das Meer 바다는, ruht 쉬네, und 그리고, der Schiffer 뱃사공은, bekümmert 걱정스럽게, sieht 보네, glatte 매끄러운, Fläche 수면, ringsumher 주위를, von keiner Seite 어느 쪽에서도, keine Luft 바람이 없네, Todesstille 죽은 듯한 고요가, fürchterlich 두렵네, in der ungeheueren Weite 엄청나게 넓은 곳에서, keine Welle 물결 하나, reget...sich 일지 않네.

[단어]

das Meer -(e)s, -e, 바다: die Stille -n, 고요: tief 깊은: herrschen 지배하다: das Wasser -s, 물: ohne (4격지배 전치사) ~ 없이: die Regung -en, 움직임,

동요; ruhen 쉬다, 휴식하다, 멈추다; bekümmern 걱정하게 하다; sehen - sah
- gesehen, du siehst, er sieht, 보다; der Schiffer -s, -, 뱃사공; glatt 매끄러
운, 미끄러운; die Fläche -n, 평면, 표면; ringsumher 둘레에, 주변에; die
Luft, Lüfte, 공기; die Seite -n, 옆, 쪽, 면, 편; die Todesstille -n, 죽은 듯
한 고요; fürchterlich 무서운, 두려운; ungeheuer 엄청난; die Weite -n, 넓은
공간, 넓이; regen (sich) 움직이다; die Welle -n, 파도, 물결

[문법/해설]
제목 Meeres Stille에서 Meeres는 2격으로서 Stille를 수식한다. 독일어의 2격
은 수식하는 명사의 뒤에 오는 것이 보통인데 이렇게 앞에서 명사를 수식할 때
도 있다. 일반적인 형식으로 쓰면 die Stille des Meeres이다. 제3행의
bekümmert는 동사 bekümmern의 과거분사가 부사적으로 쓰인 것이다.

Nacht und Träume
밤과 꿈

Matthäus von Collin (1779~1824)

> Heil'ge Nacht, du sinkest nieder;
> Nieder wallen auch die Träume,
> Wie dein Mondlicht durch die Räume,
> Durch der Menschen stille Brust.
> Die belauschen sie mit Lust;
> Rufen, wenn der Tag erwacht:
> Kehre wieder, heil'ge Nacht!
> Holde Träume, kehret wieder!

성스러운 밤, 너는 깊어 가고;
꿈들도 출렁이며 내려 앉네,
너의 달빛이 허공을 지나가듯,
사람들의 고요한 가슴을 지나가면서.
그들은 꿈을 즐거이 엿듣고;
날이 밝으면 외치네:
돌아오라, 성스러운 밤이여!
고운 꿈들이여, 돌아오라!

[새김]

heil'ge Nacht 성스러운 밤, du 너는, sinkest nieder 깊어 가고, auch die Träume 꿈들도, wallen 출렁이며, nieder 내려 앉네, dein Mondlicht 너의 달빛이, wie ... durch die Räume 허공을 지나가듯, der Menschen 사람들의, stille Brust 고요한 가슴을, durch 지나가면서, die 그들은, sie 꿈을, mit Lust 즐거이, belauschen 엿듣고, der Tag 날이, wenn...erwacht 밝으면, rufen 외치네, kehre wieder 돌아오라, heil'ge Nacht 성스러운 밤이여, holde Träume 고운 꿈들이여, kehret wieder 돌아오라.

[단어]

die Nacht, Nächte, 밤; der Traum -(e)s, Träume, 꿈; heilig 성스러운;

niedersinken - sank...nieder - niedergesunken 가라앉다; nieder 아래로; wallen 파도가 일다; auch 역시, ~도; wie ~처럼; das Mondlicht -(e)s, -er, 달빛; der Raum -(e)s, Räume, 공간; durch (4격지배 전치사) ~을 지나, ~을 통과하여; der Mensch -en, -en, 인간; still 조용한, 고요한; die Brust, Brüste, 가슴; belauschen 엿듣다; die Lust, Lüste, 기쁨, 욕구; rufen - rief - gerufen 부르다; der Tag -(e)s, -e, 날, 낮; erwachen 깨어나다; wiederkehren 돌아오다; hold 사랑스러운, 고운

[문법/해설]
제1행의 heil'ge는 heilige의 단축형이다. 제4행의 der Menschen은 복수 2격으로서 stille Brust를 수식한다. 독일어의 2격은 수식하는 명사의 뒤에 오는 것이 보통인데 이렇게 앞에서 명사를 수식할 때도 있다. 제5행의 die belauschen sie 에서 die는 Menschen을 가리키는 지시대명사이다. sie는 Träume를 가리키는 인칭대명사이다.

Rastlose Liebe
쉼 없는 사랑

Johann Wolfgang von Goethe (1749~1832)

Dem Schnee, dem Regen,
Dem Wind entgegen,
Im Dampf der Klüfte,
Durch Nebeldüfte,
Immer zu! Immer zu!
Ohne Rast und Ruh!

눈과 비와
바람을 헤치고,
협곡의 운무 속에서
안개를 뚫고,
계속 앞으로! 계속 앞으로!
휴식도 평온도 없이!

[새김]

dem Schnee 눈과, dem Regen 비와, dem Wind 바람을, entgegen 헤치고, der Klüfte 협곡의, im Dampf 운무 속에서, Nebeldüfte 안개를, durch 뚫고, immer zu 계속 앞으로, ohne Rast und Ruh 휴식도 평온도 없이.

[단어]

rastlos 쉼 없는, 휴식 없는; die Liebe -n, 사랑; der Schnee -s, 눈; der Regen -s, 비; der Wind -(e)s, -e, 바람; entgegen (3격지배) ~을 향하여, ~을 거슬러; der Dampf -(e)s, Dämpfe, 증기, 김; die Kluft, Klüfte, 협곡; durch (4격지배 전치사) ~을 통과하여; die Nebelduft -(e)s, ...düfte, 안개; immer 항상, 계속; zu (시작이나 계속을 재촉하는 표현); ohne (4격지배 전치사) ~ 없이; die Rast -en, 쉼, 휴식; die Ruhe -n, 고요, 평온

[문법/해설]
마지막 행의 Ruh는 Ruhe의 단축형이다.

96

Lieber durch Leiden
Wollt' ich mich schlagen,
Als so viel Freuden
Des Lebens ertragen.
Alle das Neigen
Von Herzen zu Herzen,
Ach, wie so eigen
Schaffet es Schmerzen!

차라리 괴로움을 뚫고
나는 나아가겠네,
그 많은 삶의 즐거움을
견디기보다는.
모든 애착은
마음에서 마음으로,
아, 참으로 비길 데 없는
고통을 그 애착이 주는구나!

[새김]
lieber 차라리, durch Leiden 괴로움을 뚫고, ich 나는, wollt' ... mich schlagen 나아가겠네, so viel 그 많은, des Lebens 삶의, Freuden 즐거움을, als...ertragen 견디기보다는, alle 모든, das Neigen 애착은, von Herzen 마음에서, zu Herzen 마음으로, ach 아, wie so eigen 참으로 고유한 (참으로 비길 데 없는) Schmerzen 고통을, es 그것이 (그 애착이), schaffet 주는구나.

[단어]
lieber (gern의 비교급) 차라리; durch (4격지배 전치사) ~을 통과하여; das Leiden -s, -, (흔히 복수형으로) 고뇌, 괴로움; schlagen - schlug - geschlagen, du schlägst, er schlägt, 때리다, (sich) 싸우다, 극복하다; die Freude -n, 즐거움; das Leben -s, -, 삶, 인생; ertragen - ertrug - ertragen, du erträgst, er erträgt, 참다, 견디다; das Neigen -s, -, 기울어짐, 애착; das Herz -ens, -en, 마음; eigen 고유의; schaffen - schuf - geschaffen 창조하다, 만들다; der Schmerz -es, -en, 통증, 고통

[문법/해설]

제2행의 wollt'는 wollte의 단축형이다. 제1행의 lieber는 제3행의 als와 연결되어 '~하기보다는 차라리 ~하겠다'는 의미이다. 제7행의 wie는 감탄의 의미로 쓰였다. 마지막 행의 schaffet는 schafft에 e가 첨가된 형태이다.

Wie soll ich flieh'n?
Wälderwärts zieh'n?
Alles vergebens!
Krone des Lebens,
Glück ohne Ruh,
Liebe, bist du!

나는 어떻게 달아나야 할까?
숲으로 갈까?
모두 소용없어!
삶의 왕관,
평온 없는 행복,
사랑, 그대!

[새김]

ich 나는, wie 어떻게, soll...flieh'n 달아나야 할까, wälderwärts 숲으로, zieh'n 갈까, alles 모두, vergebens 소용없어, des Lebens 삶의, Krone 왕관, ohne Ruh 평온 없는, Glück 행복, Liebe 사랑, bist du 그대.

[단어]

fliehen - floh - geflohen 도망가다, 달아나다; wälderwärts 숲 쪽으로, 숲으로; ziehen - zog - gezogen 이동하다, 이주하다; vergebens 헛된, 소용없는; die Krone -n, 왕관; das Leben -s, -, 삶, 인생; das Glück -(e)s, -e, 행운, 행복; die Ruhe -n, 고요, 평온; die Liebe -n, 사랑

[문법/해설]

제1행과 2행의 flieh'n과 zieh'n은 각각 fliehen과 ziehen의 단축형이다. 제5행의 Ruh는 Ruhe에서 e가 생략된 형태이다.

[참고]

이 시는 괴테가 27세이던 1776년 바이마르에서 쓴 것이다. 일곱 살 연상의 유부녀인 샤롯데 폰 슈타인에 대한 사랑을 표현한 시들 중 하나이다. 시대적으로는 1770년 무렵부터 1790년 무렵까지 약 20년 동안 독일문학사를 풍미했던 질풍노도 시대에 생성된 시이다.

제1연에서는 눈, 비, 바람, 안개 등 자연 현상을 헤치고 나아가는 불굴의 의지와 급하게 몰아치는 내면의 격정이 묘사된다. 그러한 질풍노도의 시기에 평온하게 휴식을 취할 여유가 있을 리 없다. 이 모든 것은 시적 자아를 지배하고 있는 사랑의 열정에 대한 은유이다.

괴테는 샤롯데 폰 슈타인에 대한 사랑이 실제 삶에서 실현될 수 없음에 괴로워했다. 제2연에는 그러한 괴로움이 역설적으로 잘 드러나 있다. 삶의 즐거움은 누리는 것이 아니라 견디는 것으로 표현되었고, 그 즐거움을 견디는 것보다는 사랑의 괴로움을 겪으며 자신과 싸우는 것이 차라리 더 나은 것으로 묘사된다.

그러므로 제2연은 사랑 없이 지내는 일상적 삶의 즐거움은 누릴 수 있는 즐거움이 아니라 오히려 견뎌야 할 괴로움이라는 처절한 연모, 그리고 그 연모의 마음이 자아내는 비길 데 없는 고통에 대한 토로이다.

제3연은 그러한 고통을 받아들이겠다는 다짐이다. 결코 피할 수 없는 고통과 결부되어 있으므로 사랑은 '평온 없는 행복'이지만 그래도 '삶의 왕관'이라는 시적 자아의 인식은 결국 이 시가 닿을 수 없는 여인에 대한 한결같은 사랑의 고백임을 의미한다.

Schäfers Klagelied
목동의 비가

Johann Wolfgang von Goethe (1749~1832)

> Da droben auf jenem Berge,
> Da steh' ich tausendmal,
> An meinem Stabe hingebogen,
> Und sehe hinab in das Tal.

저기 위에 저 산 위에,
저기 나는 수없이 자주 서 있네,
내 지팡이에 몸을 기울이고 (기대고)
계곡 아래를 보네.

[새김]

da 저기, droben 위에, auf jenem Berge 저 산 위에, da 저기, ich 나는, tausendmal 수없이 자주, steh' 서 있네, an meinem Stabe 내 지팡이에, hingebogen 몸을 기울이고 (기대고), und 그리고, hinab in das Tal 계곡 아래를, sehe 보네.

[단어]

der Schäfer -s, -, 목동; das Klagelied -(e)s, ...lieder, 비가; da 저기; droben (부사) 위에; auf (3/4격지배 전치사) ~의 위에; jen 저; der Berg -(e)s, -e, 산; stehen - stand - gestanden 서 있다; tausendmal 매우 자주, 여러 번; der Stab -(e)s, Stäbe, 막대기, 지팡이; hinbiegen - bog...hin - hingebogen 구부리다; sehen - sah - gesehen, du siehst, er sieht, 보다; hinab 아래로; das Tal -(e)s, Täler, 계곡

[문법/해설]

steh'는 stehe의 단축형이다. hingebogen은 동사 hinbiegen의 과거분사로서 an meinem Stabe hingebogen은 과거분사구문이다. '몸을 기댄 채로'라는 의미이다.

> Dann folg' ich der weidenden Herde,

100

> Mein Hündchen bewahret mir sie.
> Ich bin herunter gekommen
> Und weiß doch selber nicht wie.

다음에 나는 풀을 뜯는 양떼를 뒤따르고,
내 개는 나를 위해 양들을 보호하네.
나는 아래로 내려왔고
그렇지만 어떻게 내려왔는지는 나 자신도 모르네.

[새김]
dann 다음에, ich 나는, der weidenden Herde 풀을 뜯는 양떼를, folg' 뒤따르고, mein Hündchen 내 개는, mir 나를 위해, sie 양떼를, bewahret 보호하네, ich 나는, herunter 아래로, bin...gekommen und 내려왔고, doch 그렇지만, wie 어떻게 내려왔는지는, selber 나 자신도, weiß...nicht 모르네.

[단어]
dann 다음에; folgen 뒤따르다; weiden 풀을 뜯다; die Herde -n, 가축의 무리, 짐승의 떼; der Hund -(e)s, -e, 개; bewahren 지키다, 보호하다; herunter 아래로; kommen - kam - gekommen 오다; wissen - wusste - gewusst, ich weiß, du weißt, er weiß, 알다; doch 그러나; selber 스스로; wie 어떻게

[문법/해설]
folg'는 folge의 단축형이다. weidenden은 동사 weiden의 현재분사가 형용사로 쓰여 어미변화를 한 것이다. Hündchen은 Hund의 축소명사이다.

> Da steht von schönen Blumen
> Da steht die ganze Wiese so voll.
> Ich breche sie, ohne zu wissen,
> Wem ich sie geben soll.

거기 아름다운 꽃들로
거기 풀밭 전체가 그렇게 (아름다운 꽃들로) 가득 차 있네.
나는 꽃들을 꺾지, 알지 못하면서,
누구에게 내가 그 꽃들을 주어야 할지.

da 거기, von schönen Blumen 아름다운 꽃들로, da 거기, die ganze Wiese 풀밭 전체가, so 그렇게, voll 가득 차, steht 있네, ich 나는, sie 그 꽃들을, breche 꺾지, ohne zu wissen 알지 못하면서, wem 누구에게, ich 내가, sie 그 꽃들을, geben soll 주어야 할지.

[단어]

da 거기; stehen - stand - gestanden 서 있다, 있다; schön 아름다운; die Blume -n, 꽃; ganz 전부의; die Wiese -n, 초원, 풀밭; voll 가득한; brechen - brach - gebrochen, du brichst, er bricht, 깨다, 꺾다; wissen - wusste - gewusst, ich weiß, du weißt, er weiß, 알다; geben - gab - gegeben, du gibst, er gibt, 주다

[문법/해설]

steht는 운율을 위해 두 번 반복되었다. von schönen Blumen은 voll에 연결되는 것이다. voll von ~으로 가득 찬.

> Und Regen, Sturm und Gewitter
> Verpass' ich unter dem Baum.
> Die Türe dort bleibet verschlossen;
> Und alles ist leider ein Traum.

그리고 비, 폭풍과 뇌우를
나는 나무 밑에서 스쳐 보내지.
그곳 문은 잠겨 있네;
그리고 모든 것은 유감스럽게도 꿈이라네.

[새김]

und 그리고, Regen 비, Sturm und Gewitter 폭풍과 뇌우를, ich 나는, unter dem Baum 나무 밑에서, verpass' 스쳐 보내지, dort 그곳, die Türe 문은, verschlossen 잠겨, bleibet 있네, und 그리고, alles 모든 것은, leider 유감스럽게도, ist ... ein Traum 꿈이라네.

[단어]

und 그리고; der Regen -s, -, 비; der Sturm -(e)s, Stürme, 폭풍; das

Gewitter -s, -, 뇌우, 악천후; verpassen 놓치다, 그냥 보내다; der Baum
-(e)s, Bäume, 나무; die Tür -en, 문; dort 그곳에; bleiben - blieb -
geblieben 머무르다; verschließen - verschloss - verschlossen 잠그다; alles
모든 것; leider 유감스럽게도; der Traum -(e)s, Träume, 꿈

[문법/해설]
제2행의 verpass'는 verpasse의 단축형이다. 제3행의 Türe에 e가 붙은 것은 고
어의 흔적이 남아 있는 것이다. 본래의 고어 형태는 Thüre였다. bleibet는
bleibt에 e가 첨가된 것이다. verschlossen은 verschließen의 과거분사로서 동사
bleiben과 함께 술어적으로 쓰인 것이다.

Es stehet ein Regenbogen
Wohl über jenem Haus!
Sie aber ist fortgezogen,
Gar weit in das Land hinaus.

무지개가 떠 있네
바로 저 집 위에!
그러나 그녀는 떠나버렸네,
아주 멀리 저 먼 나라로.

[새김]
es ... ein Regenbogen 무지개가, stehet 떠 있네, wohl 바로, über jenem
Haus 저 집 위에, aber 그러나, sie 그녀는, ist fortgezogen 떠나버렸네, gar
아주, weit 멀리, hinaus 저 먼, in das Land 나라로.

[단어]
stehen - stand - gestanden 서 있다, 있다; der Regenbogen -s, ...bögen, 무
지개; wohl (강조) 아마도, 잘; jen 저; das Haus -es, Häuser, 집, 주택;
fortziehen - zog...fort - fortgezogen 떠나다; gar 게다가, 아주; weit 멀리;
das Land -(e)s, Länder, 나라, 시골; hinaus 밖으로

[문법/해설]
제1행의 es는 허사이고 주어는 ein Regenbogen이다.

103

> Hinaus in das Land und weiter,
> Vielleicht gar über die See.
> Vorüber, ihr Schafe, nur vorüber!
> Dem Schäfer ist gar so weh.

저 먼 나라로 그리고 더 멀리
아마도 심지어 바다를 건너.
지나가라, 너희 양들아, 그냥 지나가라!
목동은 아주 많이 괴로우니.

[새김]
hinaus in das Land 저 먼 나라로, und weiter 그리고 더 멀리, vielleicht 아마도, gar 심지어, über die See 바다를 건너, vorüber 지나가라, ihr 너희, Schafe 양들아, nur vorüber 그냥 지나가라, dem Schäfer 목동은, gar so 아주 많이, ist...weh 괴로우니.

[단어]
hinaus 밖으로; das Land -(e)s, Länder, 나라, 시골; weiter 더 먼; vielleicht 아마도; gar 게다가, 심지어; die See -n, 바다; vorüber 지나쳐, 통과하여; das Schaf -(e)s, -e, 양; nur 다만, 오직; der Schäfer -s, -, 목동; weh 고통스러운, 괴로운

[문법/해설]
제3행의 ihr와 Schafe는 동격이다. dem Schäfer가 3격인 것은 weh가 3격과 함께 쓰이기 때문이다.

104

Wehmut
비애

Matthäus von Collin (1779~1824)

Wenn ich durch Wald und Fluren geh',
Es wird mir dann so wohl und weh
In unruhvoller Brust.
So wohl, so weh, wenn ich die Au
In ihrer Schönheit Fülle schau',
Und all die Frühlingslust.
Denn was im Winde tönend weht,
Was aufgetürmt gen Himmel steht,
Und auch der Mensch, so hold vertraut
Mit all der Schönheit, die er schaut,
Entschwindet und vergeht.

내가 숲과 들을 지나 걸을 때면,
그러면 나에게는 아주 편안함과 고통이 생기네
불안 가득한 가슴 속에.
아주 편안하고, 아주 고통스럽지,
내가 그 아름다움 충만한 풀밭을 보면,
그리고 그 모든 봄의 기쁨(을 보면).
왜냐하면 바람 속에 소리 내며 나부끼는 것은,
하늘을 향해 쌓아 올려져 있는 것은,
그리고 인간도, 그가 바라보는 모든 아름다움과
그렇게 사랑스럽게 친숙한 (인간도),
사라지고 소멸되는 것이니.

[새김]
ich 내가, durch Wald und Fluren 숲과 들을 지나, wenn...geh' 걸을 때면,
dann 그러면, mir 나에게는, so wohl 아주 편안함과, weh 고통이, es...wird
생기네, in unruhvoller Brust 불안 가득한 가슴 속에, so wohl 아주 편안하고,

so weh 아주 고통스럽지, ich 내가, in ihrer Schönheit Fülle 그 아름다움 충만한, die Au 풀밭을, wenn...schau' 보면, und 그리고, all die Frühlingslust 그 모든 봄의 기쁨(을 보면), denn 왜냐하면, im Winde 바람 속에, tönend 소리 내며, was...weht 나부끼는 것은, gen Himmel 하늘을 향해, aufgetürmt 쌓아 올려져, was...steht 있는 것은, und 그리고, auch der Mensch 인간도, die er schaut 그가 바라보는, mit all der Schönheit 모든 아름다움과, so hold 그렇게 사랑스럽게, vertraut 친숙한 (인간도), entschwindet und vergeht 사라지고 소멸되는 것이니.

[단어]
die Wehmut 비애; der Wald -(e)s, Wälder, 숲; die Flur -en, 들판; gehen - ging - gegangen 가다; wohl 편안한; weh 괴로운; unruhvoll 불안 가득한; die Brust, Brüste, 가슴; die Au -en, 풀밭; die Schönheit -en, 아름다움; die Fülle -n, 충만; schauen 보다; all 모든; die Frühlingslust, ...lüste, 봄의 기쁨; denn 왜냐하면; der Wind -(e)s, -e, 바람; tönen 소리 내다; wehen (바람 등이) 불다; auftürmen 쌓다, 쌓아 올리다; gen (4격지배 전치사) ~을 향하여; der Himmel -s, -, 하늘; stehen - stand - gestanden 서 있다; auch 역시, ~도; der Mensch -en, -en, 인간; hold 사랑스러운; vertraut (mit) ~을 잘 아는, ~과 친숙한; entschwinden - entschwand - entschwunden 사라지다; vergehen - verging - vergangen 사라지다, 소멸되다

[문법/해설]
제1행의 geh'는 gehe의 단축형이다. 제5행의 ihrer Schönheit는 2격으로서 Fülle를 수식한다. 독일어의 2격은 수식하는 명사의 뒤에 오는 것이 보통인데 이렇게 앞에서 명사를 수식할 때도 있다. schau'는 schaue의 단축형이다. 제7행의 tönend는 동사 tönen의 현재분사가 부사로 쓰인 것이다. 제8행의 was는 부정관계대명사로서 '~한 것'이라는 뜻이다. 제10행의 die er schaut에서 die는 관계대명사이며 선행사는 Schönheit이다. er는 Mensch를 가리킨다.

Die schöne Müllerin
아름다운 물방앗간 아가씨

시: 빌헬름 뮐러 Wilhelm Müller (1794~1827)

〈작품의 구성〉

1. Das Wandern 방랑
그동안 일하던 방앗간을 떠나 새로운 방랑길에 나서는 방아꾼 청년. 희망적인
분위기.

2. Wohin? 어디로?
앞으로 방아꾼 청년의 동반자가 될 시내가 처음으로 등장한다.

3. Halt! 멈춰라!
물방앗간 앞에 이르러 방아 소리를 듣는다.

4. Danksagung an den Bach 시내에게 감사
자기를 물방앗간 아가씨에게로 인도한 시내에게 감사.

5. Am Feierabend 일을 마치고
그 아름다운 물방앗간 아가씨가 자기의 마음을 알아주기를 바라는 심정.

6. Der Neugierige 궁금한 남자
청년은 그녀가 자기를 사랑하는지 시내에게 묻는다.

7. Ungeduld 초조
청년은 "나의 마음은 그대 것"이라고 온 세상에 외치고 싶어한다.

8. Morgengruß 아침 인사
청년은 아가씨를 멀리서라도 바라보고 싶어한다.

9. Des Müllers Blumen 방아꾼의 꽃
사랑에 빠진 청년의 마음.

10. Tränenregen 눈물의 비
청년은 아가씨와 가까운 사이가 되었으나 불길한 예감과 함께 이 연가곡의 전반
부가 끝난다.

11. Mein! 나의 것!
서곡 '방랑'에서와 같은 힘찬 정열로 시작하는 후반부의 첫 노래. 청년의 외침,
"그녀는 나의 것!"

12. Pause 휴식
청년은 노래할 수 없다고 한탄하면서도 정열적으로 노래를 계속한다. 갈피를 잡을 수 없는 마음.

13. Mit dem grünen Lautenbande 녹색 라우테 리본과 함께
청년의 순진한 마음과 함께 이 연가곡에서 마지막으로 느껴지는 밝은 분위기.

14. Der Jäger 사냥꾼
사냥꾼의 등장에 불안해하는 청년.

15. Eifersucht und Stolz 질투와 자존심
사냥꾼에게 호감을 보이는 아가씨를 원망하며 어찌할 바를 모르는 청년.

16. Die liebe Farbe 좋아하는 색깔
실의에 빠진 청년은 죽음을 원한다.

17. Die böse Farbe 미워하는 색깔
청년은 아가씨에게 작별을 고한다.

18. Trockne Blumen 메마른 꽃
아가씨가 준, 이제는 시들어 메마른 꽃들에 대한 청년의 상념.

19. Der Müller und der Bach 방아꾼과 시내
슬픔에 젖은 청년과 그를 위로하는 시내. 청년의 투신 자살이 암시된다.

20. Des Baches Wiegenlied 시내의 자장가
물속에 몸을 던져 죽음을 택한 청년에게 보내는 시내의 만가.

1. Das Wandern 방랑

> Das Wandern ist des Müllers Lust,
> Das Wandern!
> Das muss ein schlechter Müller sein,
> Dem niemals fiel das Wandern ein,
> Das Wandern.

방랑은 방아꾼의 즐거움이다,
방랑!
그는 나쁜 방아꾼임에 틀림없다,
방랑을 할 생각이 한 번도 들어본 적이 없는 그는,
방랑.

[새김]

das Wandern 방랑은, des Müllers 방아꾼의, ist...Lust 즐거움이다, das Wandern 방랑, das 그는, ein schlechter Müller 나쁜 방아꾼임에, muss...sein 틀림없다, das Wandern 방랑을, niemals fiel...ein 할 생각이 한번도 들어본 적이 없는, dem 그는, das Wandern 방랑.

[단어]

das Wandern -s, -, 방랑; der Müller -s, -, 방아꾼, 방앗간 주인; die Lust, Lüste, 즐거움, 기쁨; schlecht 나쁜; niemals 한 번도 ~하지 않다; einfallen - fiel...ein - eingefallen, du fällst...ein, er fällt...ein, ~한 생각이 들다, ~한 생각이 떠오르다

[문법/해설]

제1행의 des Müllers는 2격으로서 Lust를 수식한다. 독일어의 2격은 수식하는 명사의 뒤에 오는 것이 보통인데 이렇게 앞에서 명사를 수식할 때도 있다. das muss에서 das는 지시대명사로서 사람, 여기서는 방아꾼을 가리키고 있다. muss는 화법조동사 müssen의 확신을 가진 추측을 나타내는 용법이다. dem niemals fiel das Wandern ein은 ein schlechter Müller를 선행사로 받는 관계문장이다. dem은 관계대명사 der의 3격형이다. 3격이 온 것은 동사 einfallen이 3격과 함께 쓰이기 때문이다. dem niemals fiel das Wandern ein의 문법적으로 바

른 어순은 dem niemals das Wandern einfiel이다. 어순이 바뀐 이유는 sein과 ein의 운을 맞추기 위해서이다.

Vom Wasser haben wir's gelernt,
Vom Wasser!
Das hat nicht Rast bei Tag und Nacht,
Ist stets auf Wanderschaft bedacht,
Das Wasser.

물에서 우리는 그것(방랑)을 배웠다,
물에서!
물은 밤낮으로 휴식이 없고,
항상 방랑을 생각하고 있다,
물.

[새김]
vom Wasser 물에서, wir's 우리는 그것(방랑)을, haben...gelernt 배웠다, vom Wasser 물에서, das 그것은(물은), bei Tag und Nacht 밤낮으로, hat nicht Rast 휴식이 없고, stets 항상, auf Wanderschaft 방랑을, ist...bedacht 생각하고 있다, das Wasser 물.

[단어]
das Wasser -s, -, 물; lernen 배우다; die Rast -en, 휴식; der Tag -(e)s, -e, 낮; die Nacht, Nächte, 밤; bei Tag und Nacht 밤낮으로; stets 항상; die Wanderschaft 방랑 시기, 방랑; auf A bedacht sein ~을 생각하고 있다, 마음에 두고 있다

[문법/해설]
vom Wasser는 von dem Wasser의 단축형이며 전치사 von은 동사 lernen에서 기인한 것이다. '~에게서 ~을 배우다'는 뜻으로 쓰일 때 동사 lernen은 전치사 von 또는 bei를 사용한다. wir's는 wir es의 단축형이며 es는 das Wandern을 가리키는 인칭대명사이다. 제3행의 das hat에서 das는 앞 문장의 das Wasser를 가리키는 지시대명사이다. 제4행의 ist stets auf Wanderschaft bedacht의 주어는 바로 위의 das이다.

Das sehn wir auch den Rädern ab,
Den Rädern!
Die gar nicht gerne stille stehn,
Die sich mein Tag nicht müde drehn,
Die Räder.

그것(방랑)을 우리는 물레바퀴에서도 배운다,
물레바퀴에서!
물레바퀴는 결코 조용히 서 있지 않는다,
물레바퀴는 내 (방랑하는) 날에도 지치지 않고 돈다,
물레바퀴.

[새김]
das 그것(방랑)을, wir 우리는, auch den Rädern 물레바퀴에서도, sehn...ab 배운다, den Rädern 물레바퀴에서, die 그것(물레바퀴)은, gar 결코, stille 조용히, nicht gerne ... stehn 서 있지 않는다, die 그것(물레바퀴)은, mein Tag 내 (방랑하는) 날에도, nicht müde 지치지 않고, sich...drehn 돈다, die Räder 물레바퀴.

[단어]
absehen - sah...ab - abgesehen, du siehst...ab, er sieht...ab, ~에게서 ~을 (보고) 배우다; auch 역시, ~도; das Rad -(e)s, Räder, 바퀴, 물레바퀴; gar nicht 결코 ~이 아닌; still(e) 고요한, 정지한; stehen - stand - gestanden 서 있다; der Tag -(e)s, -e, 낮, 날; müde 피곤한; sich drehen 돌다; das Rad -(e)s, Räder, 바퀴, 물레바퀴

[문법/해설]
맨 처음의 das는 das Wandern을 가리키는 지시대명사이다. den Rädern은 das Rad의 복수 3격형이다. 동사 absehen이 '~에게서 ~을 (보고) 배우다'는 뜻으로 쓰이면서 3격을 동반했다. die gar nicht에서 die는 앞 문장의 Räder를 선행사로 받는 관계대명사이다. die sich mein Tag nicht müde drehn의 die도 앞 문장의 Räder를 선행사로 받는 관계대명사이다. mein Tag은 부사적으로 쓰인 1격이다. stehn과 drehn은 각각 stehen과 drehen에서 e가 탈락한 형태이다.

112

> Die Steine selbst, so schwer sie sind,
> Die Steine!
> Sie tanzen mit den muntern Reihn
> Und wollen gar noch schneller sein,
> Die Steine.

물렛돌조차도, 그것은 매우 무거운데,
물렛돌!
물렛돌은 쾌활한 윤무를 춘다
그리고 훨씬 더 빠르기를 원한다,
물렛돌.

[새김]
die Steine selbst 물렛돌조차도, sie 그것은, so schwer ... sind 매우 무거운
데, die Steine 물렛돌, sie 물렛돌은, mit den muntern Reihn 쾌활한 윤무를,
tanzen 춤춘다, und 그리고, gar noch schneller 훨씬 더 빠르기를,
wollen...sein 원한다, die Steine 물렛돌.

[단어]
der Stein -(e)s, -e, 돌, 물렛돌; selbst ~조차, ~마저; so 매우; schwer 무거
운; tanzen 춤추다; munter 쾌활한, 생기 있는; der Reihen = der Reigen -s,
-, 윤무; gar (강조) 매우, 몹시; noch 훨씬 더 (비교급 강조); schnell 빠른

[문법/해설]
so schwer sie sind에서 sie는 die Steine를 가리키는 인칭대명사이다. sie
tanzen에서 sie는 앞 문장의 die Steine를 가리키는 인칭대명사이다. schneller
는 schnell의 비교급이다. 비교급은 원급에 er를 붙여서 만든다.

> O Wandern, Wandern, meine Lust,
> O Wandern!
> Herr Meister und Frau Meisterin,
> Lasst mich in Frieden weiter ziehn
> Und wandern.

오 방랑, 방랑, 내 즐거움,
오 방랑!
스승님과 사모님,
나를 평화롭게 계속 가게 해 주오
그리고 방랑하게 해 주오.

[새김]
O Wandern 오 방랑, Wandern 방랑, meine Lust 내 즐거움, O Wandern 오
방랑, Herr Meister und Frau Meisterin 스승님과 사모님, mich 나를, in
Frieden 평화롭게, weiter 계속, lasst ziehn 가게 해 주오, und 그리고,
lasst...wandern 방랑하게 해 주오.

[단어]
das Wandern -s, -, 방랑; die Lust, Lüste, 즐거움, 기쁨; der Herr -n, -en,
(남자에게 붙이는 존칭) ~ 씨, ~ 선생님; die Frau -en, (여자에게 붙이는 존칭)
~ 씨, ~ 여사; der Meister -s, -, 스승, 명장/명인; die Meisterin -innen, 스
승의 아내, 여자 스승, 여자 명장/명인; lassen - ließ - gelassen, du lässt, er
lässt ~하게 하다; der Frieden -s, -, 평화, in Frieden 평화롭게, 조용히;
weiter 계속; ziehen - zog - gezogen 이동하다; wandern 방랑하다, 편력하다

[문법/해설]
meine는 ich의 소유대명사 mein이 여성명사 Lust 앞에서 어미변화를 한 것이
다. mich는 인칭대명사 ich의 4격이다. lasst는 lassen의 복수 2인칭에 대한 명
령형으로 동사 원형 ziehn, wandern과 함께 쓰였다. ziehn은 ziehen에서 e가
탈락한 형태이다.

[참고]

여기에서 '방랑 Wandern'은 정처 없이 무작정 떠돈다는 의미가 아니라, 이곳저
곳 스승(Meister)을 찾아다니며 기술을 배우는 일종의 학습 여행을 의미한다. 그
런 학습 여행, 편력의 시기를 Wanderschaft라고 하며, 이 노래의 가사가 되고
있는 빌헬름 뮐러의 원래 시 제목도 Das Wandern이 아니라 Wanderschaft이
다.

2. Wohin? 어디로?

> Ich hört ein Bächlein rauschen
> Wohl aus dem Felsenquell,
> Hinab zum Tale rauschen
> So frisch und wunderhell.

나는 시냇물이 졸졸 흐르는 소리를 들었다
아마도 바위틈에서 흘러 나와,
아래로 계곡으로 졸졸 흘러가는 소리를 (들었다)
정말 신선하고 놀랍도록 맑은 (시냇물).

[새김]
ich 나는, ein Bächlein 시냇물이, rauschen 졸졸 흐르는 소리를, hört 들었다,
wohl 아마도, aus dem Felsenquell 바위틈에서 흘러 나와, hinab 아래로, zum
Tale 계곡으로, rauschen 졸졸 흘러가는 소리를 (들었다), so frisch und 정말
신선하고, wunderhell 놀랍도록 맑은 (시냇물).

[단어]
hören 듣다; der Bach -(e)s, Bäche, 시내; das Bächlein -s, -, 실개천, 작은
시내 (Bach의 축소명사이며 애칭으로 쓰이고 있음); rauschen (물결이나 바람
등이) 졸졸/쏴쏴 소리를 내다; wohl 아마도; der Felsen -s, -, 바위; der Quell
-(e)s, -e, 원천, 근원; der Felsenquell -(e)s, -e, (시냇물이 처음 흘러나오는)
바위틈; hinab 아래로; das Tal -(e)s, Täler, 골짜기, 계곡; so 정말, 매우;
frisch 신선한; wunderhell 놀랍도록 맑은, 매우 맑은

[문법/해설]
hört는 hörte의 단축형이다. hören이 지각동사이므로 동사 원형 rauschen이 쓰
였다. zum Tale의 zum은 방향을 나타내는 전치사 zu와 정관사 dem의 결합형
이다. Tale의 e는 남성명사와 중성명사의 단수 3격에 e를 붙이던 옛날 문법의
형태이다. 현대 독일어에서는 붙이지 않는 것이 보통이다.

> Ich weiß nicht, wie mir wurde,

Nicht, wer den Rat mir gab,
Ich musste auch hinunter
Mit meinem Wanderstab.

나는 모른다, 어떻게 나에게 (상황이 그렇게) 되었는지,
모른다, 누가 나에게 충고를 해주었는지,
나도 아래쪽으로 가야만 했다
내 지팡이를 짚고.

[새김]
ich 나는, weiß nicht 모른다, wie 어떻게, mir 나에게, wurde (상황이 그렇게)
되었는지, nicht 모른다, wer 누가, mir 나에게, den Rat 충고를, gab 해주었는
지, ich...auch 나도, hinunter 아래쪽으로, musste 가야만 했다, mit meinem
Wanderstab 내 지팡이를 짚고.

[단어]
wissen - wusste - gewusst, ich weiß, du weißt, er weiß, 알다; wie 어떻
게; werden - wurde - geworden, du wirst, er wird, 되다; wer 누가; der
Rat -(e)s, Räte, 충고; geben - gab - gegeben, du gibst, er gibt, 주다;
auch 역시, ~도; hinunter 아래쪽으로; der Wanderstab -(e)s, ...stäbe, 여행자
의 지팡이

[문법/해설]
wie mir wurde에는 상황을 나타내는 es가 생략되었다. es가 가리키는 상황은
그 이하의 내용이다.

Hinunter und immer weiter
Und immer dem Bache nach,
Und immer heller rauschte,
Und immer heller der Bach.

아래쪽으로 끊임없이 계속해서
줄곧 시내를 따라 (나는 내려갔다),
(시내는) 점점 더 맑은 소리를 냈다,

116

시내는 점점 더 맑은 (소리를 냈다).

[새김]
hinunter 아래쪽으로, und immer weiter 끊임없이 계속해서, und immer 그리고 줄곧, dem Bache nach 시내를 따라 (나는 내려갔다), und 그리고, immer heller rauschte (시내는) 점점 더 맑은 소리를 냈다, und 그리고, der Bach 시내는, immer heller 점점 더 맑은 (소리를 냈다).

[단어]
hinunter 아래쪽으로; immer 끊임없이, 줄곧; weiter 계속해서; der Bach -(e)s, Bäche, 시내; nach (3격지배 전치사) ~을 따라; hell 맑은, 밝은; rauschen (물결이나 바람 등이) 졸졸/쏴쏴 소리를 내다

[문법/해설]
Bache의 e는 남성명사와 중성명사의 단수 3격에 e를 붙이던 옛날 문법의 형태이다. 현대 독일어에서는 붙이지 않는 것이 보통이다. 3격 dem Bache가 온 것은 nach가 3격지배 전치사이기 때문이다. nach는 명사의 뒤에 올 수도 있다. immer heller의 immer는 비교급과 함께 쓰여 '점점 더'의 뜻이다. heller는 hell의 비교급이다. 비교급은 원급에 er를 붙여서 만든다.

> Ist das denn meine Straße?
> O Bächlein, sprich, wohin?
> Du hast mit deinem Rauschen
> Mir ganz berauscht den Sinn.

이것이 도대체 나의 길인가?
오 실개천아, 말해 다오, 어디로 가는가?
너는 너의 졸졸거리는 소리로
내 감각을 완전히 매료했다.

[새김]
das 이것이, denn 도대체, ist ... meine Straße 나의 길인가, O Bächlein 오 실개천아, sprich 말해 다오, wohin 어디로 가는가, du 너는, mit deinem Rauschen 너의 졸졸거리는 소리로, mir 나의, den Sinn 감각을, ganz 완전히,

hast...berauscht 매료했다.

[단어]
das 이것, 그것; denn 도대체; die Straße -n, 길; sprechen - sprach - gesprochen, du sprichst, er spricht, 말하다; wohin 어디로; das Rauschen -s, -, 물 소리 (동사 rauschen의 명사화); ganz 완전히; berauschen 매료하다, 도취시키다; der Sinn -(e)s, -e, 감각

[문법/해설]
sprich는 sprechen의 명령형이다. mir는 소유의 의미를 갖는 3격으로서 den Sinn이 나의 감각임을 나타낸다.

> Was sag ich denn vom Rauschen?
> Das kann kein Rauschen sein:
> Es singen wohl die Nixen
> Tief unten ihren Reihn.

나는 도대체 물 소리에 대해서 무슨 말을 하는가?
그것은 물 소리일 리가 없다:
아마도 요정들이 노래를 부르고 있을 것이다
아래 깊은 곳에서 (계곡에서) 윤무를 추며.

[새김]
ich 나는, denn 도대체, vom Rauschen 물 소리에 대해서, was 무슨, sag 말을 하는가, das 그것은, kann kein Rauschen sein 물 소리일 리가 없다, wohl 아마도, es ... die Nixen 요정들이, singen 노래를 부르고 있을 것이다, unten 아래, tief 깊은 곳에서 (계곡에서), ihren Reihn 윤무를 추며.

[단어]
was 무엇; sagen 말하다; denn 도대체; das Rauschen -s, -, 물 소리 (동사 rauschen의 명사화); das 그것, 이것; singen - sang - gesungen 노래하다; die Nixe -n, 요정; tief 깊은; unten 아래; der Reihen -s, -, = der Reigen -s, -, 윤무

[문법/해설]

sag는 sage의 단축형이다. kann은 화법조동사 können의 추측을 나타내는 용법이다. es는 허사이며 주어는 die Nixen이다. Reihn은 Reihen에서 e가 탈락한 형태이다.

> Lass singen, Gesell, lass rauschen,
> Und wandre fröhlich nach!
> Es gehn ja Mühlenräder
> In jedem klaren Bach.

노래하게 놓아두어라, 방아꾼아, 졸졸 소리나게 놓아두어라,
그리고 즐겁게 뒤따라 방랑하라!
물레바퀴가 정말 돌고 있다
모든 맑은 시내에서.

[새김]
singen (요정들이) 노래하게, lass 놓아두어라, Gesell 방아꾼아, rauschen (시내가) 졸졸 소리나게, lass 놓아두어라, und 그리고, fröhlich 즐겁게, nach 뒤따라, wandre 방랑하라, es...Mühlenräder 물레바퀴가, ja 정말, gehn 돌고 있다, in jedem klaren Bach 모든 맑은 시내에서.

[단어]
lassen - ließ - gelassen, du lässt, er lässt, ~하게 하다, 그대로 놓아두다; singen - sang - gesungen 노래하다; der Gesell -en, -en, 기능사, 기능공 (여기서는 방아꾼 청년); rauschen (물결이나 바람 등이) 졸졸/쏴쏴 소리를 내다; wandern 방랑하다; fröhlich 즐겁게; nach 뒤따라; gehen - ging - gegangen 가다; ja 그래, 정말 (강조); das Mühlenrad -(e)s, ...räder, 물레바퀴; klar 맑은

[문법/해설]
lass는 lassen의 단수 2인칭에 대한 명령형이며 사역동사이므로 동사 원형과 함께 쓰였다. wandre는 wandern의 단수 2인칭에 대한 명령형이다. es는 허사이며 주어는 Mühlenräder이다. gehn은 gehen에서 e가 탈락한 형태이며, 여기서 gehen은 '돌다'는 의미로 쓰이고 있다.

3. Halt! 멈춰라!

> Eine Mühle seh ich blinken
> Aus den Erlen heraus,
> Durch Rauschen und Singen
> Bricht Rädergebraus.

물레방아가 반짝이는 것을 나는 본다
오리나무 사이로,
물 소리와 노래 사이를 뚫고
물레바퀴 소리 들려온다.

[새김]
eine Mühle 물레방아가, blinken 반짝이는 것을, ich 나는, seh 본다, aus den Erlen heraus 오리나무 사이로, Rauschen und Singen 물 소리와 노래, durch 사이를 뚫고, Rädergebraus 물레바퀴 소리, bricht 들려온다.

[단어]
halten - hielt - gehalten, du hältst, er hält, 멈추다; die Mühle -n, 물레방아; sehen - sah - gesehen, du siehst, er sieht, 보다; blinken 반짝이다, 빛나다; die Erle -n, 오리나무; heraus 바깥으로; das Rauschen -s, -, 물 소리 (동사 rauschen의 명사화); das Singen -s, -, 노래 하기 (동사 singen의 명사화); brechen - brach - gebrochen, du brichst, er bricht, 나타나다, 나오다; das Rädergebraus -es, 물레바퀴 소리

[문법/해설]
seh는 sehe의 단축형이며 지각동사이므로 동사 원형 blinken이 쓰였다. aus den Erlen heraus는 물레방아를 바라보는 시각적 위치를 나타낸다.

> Ei willkommen, ei willkommen,
> Süßer Mühlengesang!
> Und das Haus, wie so traulich!
> Und die Fenster, wie blank!

아 어서오라, 아 어서오라,
즐거운 물레방아 노래!
그리고 그 집, 얼마나 아늑한가!
그리고 그 창문들, 얼마나 빛나는가!

[새김]
ei willkommen 아 어서오라, süßer Mühlengesang 즐거운 물레방아 노래,
und 그리고, das Haus 그 집, wie so traulich 얼마나 아늑한가, und die
Fenster 그리고 그 창문들, wie blank 얼마나 빛나는가!

[단어]
ei (감탄사) 아; willkommen 환영하는; süß 즐거운, 달콤한; der
Mühlengesang -(e)s, ...sänge, 물레방아의 노래; das Haus -es, Häuser, 집;
so 정말; traulich 아늑한, 마음에 드는; das Fenster -s, -, 창, 창문; blank 빛
나는, 반짝이는

[문법/해설]
wie는 감탄을 나타내는 부사로 쓰였다.

Und die Sonne, wie helle
Vom Himmel sie scheint!
Ei, Bächlein, liebes Bächlein,
War es also gemeint?

그리고 태양, 얼마나 밝은가
하늘에서 그것(태양)은 빛나고!
아, 시내야, 사랑스런 시내야,
그러니까 그것을 의미했던가?

[새김]
und 그리고, die Sonne 태양, wie helle 얼마나 밝은가, vom Himmel 하늘에
서, sie 그것(태양)은, scheint 빛나고, ei Bächlein 아 시내야, liebes Bächlein
사랑스런 시내야, also 그러니까, es 그것을, war...gemeint 의미했던가?

121

die Sonne -n, 태양; hell 밝은; der Himmel -s, -, 하늘; scheinen - schien - geschienen 빛나다; das Bächlein -s, -, 실개천, 작은 시내 (Bach의 축소명사이며 애칭으로 쓰이고 있음); lieb 사랑스런; also 그러니까; meinen 의미하다

[문법/해설]
helle의 어미 e는 구어적으로 붙은 것이다. vom Himmel sie scheint의 sie는 die Sonne를 가리킨다. war es also gemeint의 es는 방아꾼 청년이 시내를 따라 지금 눈앞에 보이는 물방앗간에 이르게 된 상황, 즉 그 아름다운 물방앗간 아가씨에게 오게 된 상황이다. 다음 곡에서 구체적으로 언급된다.

4. Danksagung an den Bach 시내에게 감사

> War es also gemeint,
> Mein rauschender Freund?
> Dein Singen, dein Klingen,
> War es also gemeint?

그러니까 그것을 의미했던가,
나의 졸졸 소리 내는 친구여?
너의 노래, 너의 울림,
그러니까 그것을 의미했던가?

[새김]
also 그러니까, es 그것을, war...gemeint 의미했던가, mein 나의, rauschender
졸졸 소리 내는, Freund 친구여, dein Singen 너의 노래, dein Klingen 너의
울림(물 소리), also 그러니까, es 그것을, war...gemeint 의미했던가?

[단어]
die Danksagung -en, 감사의 말; der Bach -(e)s, Bäche, 시내; meinen 의미
하다; rauschend 졸졸 소리를 내는; der Freund -(e)s, -e, 친구; singen -
sang - gesungen 노래하다; das Singen -s, -, 노래 하기; klingen - klang -
geklungen 울리다, 소리가 나다; das Klingen -s, -, 울림

[문법/해설]
rauschender는 동사 rauschen의 현재분사가 형용사로 쓰여 어미변화를 한 것이
다. Singen과 Klingen은 각각 동사 singen과 klingen이 명사화한 것이다. 동사
가 명사화하면 성은 항상 중성이다.

> Zur Müllerin hin!
> So lautet der Sinn.
> Gelt, hab ich's verstanden?
> Zur Müllerin hin!

물방앗간 아가씨에게로!

그런 의미이군.
그렇지, 내가 그것을 이해한 것이지?
물방앗간 아가씨에게로!

[새김]
zur Müllerin hin 물방앗간 아가씨에게로, so lautet der Sinn 그런 의미이군,
gelt 그렇지, ich's 내가 그것을, hab...verstanden 이해한 것이지, zur Müllerin
hin 물방앗간 아가씨에게로!

[단어]
die Müllerin -nen, 물방앗간 아가씨; hin 저리로, ~로; so 그런, 그렇게;
lauten ~라는 내용이다; der Sinn -(e)s, -e, 의미; gelt (감탄사) 그렇지;
verstehen - verstand - verstanden 이해하다

[문법/해설]
so는 앞 문장 zur Müllerin hin을 가리킨다. hab ich's는 habe ich es의 단축
형이다. es는 앞의 내용을 가리킨다.

Hat sie dich geschickt?
Oder hast mich berückt?
Das möcht ich noch wissen,
Ob sie dich geschickt.

그녀가 너를 보냈느냐?
아니면 네가 나를 유혹했느냐?
그것을 나는 꼭 알고 싶다,
그녀가 너를 보냈는지를.

[새김]
sie 그녀가, dich 너를, hat...geschickt 보냈느냐, oder 아니면, mich (네가) 나
를, hast...berückt 유혹했느냐, das 그것을, ich 나는, noch 꼭, möcht...wissen
알고 싶다, sie 그녀가, dich 너를, ob...geschickt 보냈는지를.

[단어]

schicken 보내다; berücken 유혹하다; noch (강조) 꼭; wissen - wusste - gewusst, ich weiß, du weißt, er weiß, 알다

[문법/해설]
sie는 물방앗간 아가씨를 가리킨다. dich는 1연의 "mein rauschender Freund 나의 졸졸 소리 내는 친구", 즉 시내를 가리킨다. oder hast mich berückt는 oder hast du mich berückt에서 du가 생략된 형태이다. möcht는 möchte의 단축형이다. ob sie dich geschickt는 ob sie dich geschickt hat에서 hat가 생략된 형태이다.

> Nun wie's auch mag sein,
> Ich gebe mich drein:
> Was ich such, hab ich funden,
> Wie's immer mag sein.

자 그것이 어떻든 간에,
나는 나를 바치겠다:
내가 찾는 것을, 나는 발견했다,
그것이 어떻든 간에.

[새김]
nun 자, wie's auch mag sein 그것이 어떻든 간에, ich 나는, mich 나를, gebe...drein 바치겠다, was ich such 내가 찾는 것을, ich 나는, hab...funden 발견했다, wie's immer mag sein 그것이 어떻든 간에.

[단어]
dreingeben - gab...drein - dreingegeben, du gibst...drein, er gibt...drein, 바치다; suchen 찾다; finden - fand - gefunden 발견하다

[문법/해설]
wie's auch mag sein과 wie's immer mag sein은 같은 뜻을 갖는 양보문이다. 원래의 어순은 각각 wie's auch sein mag, wie's immer sein mag이다. wie's는 wie es의 단축형이다. such와 hab는 각각 suche, habe의 단축형이다. funden은 gefunden의 변형이다.

125

Nach Arbeit ich frug,
Nun hab ich genug,
Für die Hände, fürs Herze
Vollauf genug!

일이 있나 나는 물었다,
이제 나는 충분히 (일을) 가지고 있다,
양손에, 가슴에
아주 충분히!

[새김]

nach Arbeit 일이 있나, ich 나는, frug 물었다, nun 이제, ich 나는, hab...genug 충분히 (일을) 가지고 있다, für die Hände 양손에, fürs Herze 가슴에, vollauf genug 아주 충분히!

[단어]

die Arbeit -en, 일; fragen 묻다; genug 충분히; die Hand, Hände, 손; das Herze -ns, -n, 마음; vollauf 아주, 완전히

[문법/해설]

frug는 fragen의 과거 의미로 쓰였다. hab는 habe의 단축형이다. fürs는 für das의 단축형이다. 일이 있나 물었다는 것은 그 방앗간에서 일을 하며 머무를 수 있나 물었다는 뜻이다. 일이 충분히 있어 방앗간에 머무를 수 있게 된 청년이 방앗간 아가씨에게 반하여 들떠 있는 상황이다. 그 반한 마음이 청년의 가슴에 "아주 충분히" 가득하다.

5. Am Feierabend 일을 마치고

> Hätt ich tausend Arme zu rühren!
> Könnt ich brausend die Räder führen!
> Könnt ich wehen durch alle Haine!
> Könnt ich drehen alle Steine!
> Dass die schöne Müllerin
> Merkte meinen treuen Sinn!

내가 수천 개의 움직일 팔을 가지고 있다면!
내가 힘차게 물레바퀴를 돌릴 수 있다면!
내가 모든 숲을 지나 바람에 실려 날아갈 수 있다면!
내가 모든 물렛돌을 돌릴 수 있다면!
그 아름다운 물방앗간 아가씨가
내 진실한 마음을 알아준다면!

[새김]
ich 내가, tausend 수천 개의, zu rühren 움직일, Arme 팔을, hätt 가지고 있
다면, ich 내가, brausend 윙윙 소리가 나게 (힘차게), die Räder 물레바퀴를,
könnt...führen 돌릴 수 있다면, ich 내가, durch alle Haine 모든 숲을 지나,
könnt...wehen 바람에 실려 날아갈 수 있다면, ich 내가, alle Steine 모든 물렛
돌을, könnt...drehen 돌릴 수 있다면, die schöne Müllerin 그 아름다운 물방
앗간 아가씨가, meinen treuen Sinn 내 진실한 마음을, dass...merkte 알아준다
면!

[단어]
der Feierabend -s, -, 업무종료, 퇴근 후의 시간; tausend 수천의; der Arm
-(e)s, -e, 팔; rühren 움직이다; brausen 바람이나 물결 등이 쏴쏴 소리를 내다,
윙윙거리다; das Rad -(e)s, Räder, 바퀴; führen 이끌다 (여기서는 '돌리다'의
뜻); wehen 바람에 실려 날아가다; der Hain -(e)s, -e, 숲; drehen 돌리다;
der Stein -(e)s, -e, 돌, 물렛돌; schön 아름다운; die Müllerin -nen, 물방앗
간 아가씨; merken 알아채다; treu 진실한, 지조 있는; der Sinn -(e)s, -e, 마
음

127

[문법/해설]
제1행의 hätt는 hätte의 단축형이다. zu rühren은 Arme를 수식하는 zu 부정사
의 형용사적 용법이다. 제2행의 brausend는 동사 brausen의 현재분사가 부사로
쓰인 것이다. Hätt ich tausend Arme zu rühren!은 소망을 나타내는 접속법 2
식이다. könnt는 könnte의 단축형이다. Könnt ich brausend die Räder
führen!은 소망을 나타내는 접속법 2식이다. Könnt ich wehen durch alle
Haine!의 문법적으로 바른 어순은 Könnt ich durch alle Haine wehen!이다.
어순을 바꾼 이유는 Steine와 운을 맞추기 위해서이다. 소망을 나타내는 접속법
2식이다. Könnt ich drehen alle Steine!의 문법적으로 바른 어순은 Könnt
ich alle Steine drehen!이다. 어순을 바꾼 이유는 Haine와 운을 맞추기 위해서
이다. 소망을 나타내는 접속법 2식이다. merkte는 직설법 과거가 아니고 접속법
2식이다. 즉 종속접속사 dass가 접속법 2식과 함께 쓰여 소망을 나타내고 있는
문장이다. 문법적으로 바른 어순은 Dass die schöne Müllerin meinen treuen
Sinn merkte!이다. 어순을 바꾼 이유는 Müllerin과 Sinn의 운을 맞추기 위해서
이다.

Ach, wie ist mein Arm so schwach!
Was ich hebe, was ich trage,
Was ich schneide, was ich schlage,
Jeder Knappe tut mir's nach.

아, 내 팔은 어쩌면 이렇게 약할까!
내가 들어올리는 것, 내가 나르는 것,
내가 자르는 것, 내가 두들기는 것,
도제는 누구나 내가 하는 그것을 따라서 할 수 있네.
(내가 하는 일은 남들도 누구나 할 수 있다는 의미)

[새김]
ach 아, mein Arm 내 팔은, wie 어쩌면, ist ... so schwach 이렇게 약할까,
ich 내가, hebe 들어올리는, was 것, ich 내가, trage 나르는, was 것, ich 내
가, schneide 자르는, was 것, ich 내가, schlage 두들기는, was 것, Knappe
도제는, jeder 누구나, mir's 내가 하는 그것을, tut...nach 따라서 할 수 있네.

[단어]

128

wie (감탄사) 어쩌면; der Arm -(e)s, -e, 팔; schwach 약한; heben - hob - gehoben 들어올리다; tragen - trug - getragen, du trägst, er trägt, 나르다; schneiden - schnitt - geschnitten 자르다; schlagen - schlug - geschlagen, du schlägst, er schlägt, 두들기다; der Knappe -n, -n, 시종, 도제; nachtun - tat...nach - nachgetan (3격) ~의 ~을 뒤따라 하다

[문법/해설]
was는 부정관계대명사로서 '~하는 것'의 뜻이다. mir's는 mir es의 단축형이며 es는 앞의 내용, 즉 '내가 들어올리고, 나르고, 자르고, 두들기는 것'을 가리킨다.

Und da sitz ich in der großen Runde,
In der stillen kühlen Feierstunde,
Und der Meister spricht zu allen:
Euer Werk hat mir gefallen,
Und das liebe Mädchen sagt
Allen eine gute Nacht.

그리고 거기 나는 (동료들과) 빙 둘러앉아 있는데,
조용하고 시원한 휴식 시간에,
스승님이 모두에게 말씀하신다:
너희들의 작업은 내 마음에 들었다,
그리고 그 사랑스러운 아가씨가 말한다
모두에게 잘 자라고.

[새김]
und 그리고, da 거기, ich 나는, sitz ... in der großen Runde 빙 둘러앉아 있는데, in der stillen kühlen Feierstunde 조용하고 시원한 휴식 시간에, und der Meister 스승님이, zu allen 모두에게, spricht 말씀하신다, euer Werk 너희들의 작업은, hat mir gefallen 내 마음에 들었다, und 그리고, das liebe Mädchen 그 사랑스러운 아가씨가, allen 모두에게, sagt 말한다, eine gute Nacht 잘 자라고.

[단어]

sitzen - saß - gesessen 앉아 있다; die Runde -n, 둘러앉은 자리; still 조용한; kühl 시원한; die Feierstunde -n, 휴식 시간; der Meister -s, -, 스승; sprechen - sprach - gesprochen, du sprichst, er spricht, 말하다; all 모든; das Werk -(e)s, -e, 작업; gefallen - gefiel - gefallen, du gefällst, er gefällt, (jm) ~의 마음에 들다; lieb 사랑스러운, 귀여운; das Mädchen -s, -, 소녀

[문법/해설]
제1행의 sitz는 sitze의 단축형이다. 제3행의 allen은 형용사 all이 복수 명사화 되어 사람을 가리키고 있는 것이다. zu가 3격지배 전치사이므로 allen은 3격이다. 제4행의 euer는 복수 2인칭의 소유대명사이다. 모두에게 eine gute Nacht 를 말한다는 것은 모두에게 밤 인사를 한다는 뜻이다. gute Nacht는 잠자리에 들기 전에 또는 밤에 작별할 때 하는 인사이다.

6. Der Neugierige 궁금한 남자

> Ich frage keine Blume,
> Ich frage keinen Stern;
> Sie können mir alle nicht sagen,
> Was ich erführ so gern.

나는 꽃에게 묻지 않는다,
나는 별에게 묻지 않는다;
그들 모두는 나에게 말해 줄 수 없다,
내가 정말 알고 싶은 것을.

[새김]
ich 나는, frage keine Blume 꽃에게 묻지 않는다, ich 나는, frage keinen Stern 별에게 묻지 않는다, sie...alle 그들 모두는, mir 나에게, können ... nicht sagen 말해 줄 수 없다, ich 내가, so gern 정말, was...erführ 알고 싶은 것을.

[단어]
neugierig 궁금한, 호기심 많은; fragen 묻다; die Blume -n, 꽃; der Stern -(e)s, -e, 별; sagen 말하다; erfahren - erfuhr - erfahren, du erfährst, er erfährt, 들어서 알다; gern 정말, 기꺼이

[문법/해설]
제목의 Neugierige는 형용사 neugierig가 명사적으로 쓰인 것이다. 남성 정관사 der와 함께 남성명사로 쓰였으므로 남자, 즉 방아꾼 청년을 가리킨다. fragen이 4격지배 동사이므로 keine Blume와 keinen Stern이 4격으로 쓰인 것이다. sie 는 앞 문장의 Blume와 Stern을 가리키는 인칭대명사이며 alle는 sie와 동격이다. was 이하 부문장은 내가 정말 알고 싶은 것을 공손하게 표현하고 있는 접속법 2식 문장이다. erführ는 erführe의 단축형이며 erführe는 erfahren의 접속법 2식 형태이다.

> Ich bin ja auch kein Gärtner,

131

Die Sterne stehn zu hoch;
Mein Bächlein will ich fragen,
Ob mich mein Herz belog.

나는 그래 정원사도 아니다,
별들은 너무 높이 있다;
나의 시내에게 나는 묻겠다,
나를 나의 마음이 속였는지.

[새김]
ich 나는, ja 그래, bin ... auch kein Gärtner 정원사도 아니다, die Sterne 별들은, zu hoch 너무 높이, stehn 있다, mein Bächlein 나의 시내에게, ich 나는, will...fragen 묻겠다, mich 나를, mein Herz 나의 마음이, ob...belog 속였는지.

[단어]
der Gärtner -s, -, 정원사; stehen - stand - gestanden 있다; hoch 높은; das Bächlein -s, -, 실개천, 작은 시내 (Bach의 축소명사이며 애칭으로 쓰임); ob ~인지; das Herz -ens, -en, 마음; belügen - belog - belogen 속이다

[문법/해설]
'나는 정원사도 아니고, 별들은 너무 높다'는 말은 '꽃에게 묻지 않고, 별에게 묻지 않는다'는 내용의 앞 구절에 대응되는 표현이다. stehn은 stehen의 단축형이다. mein Bächlein은 fragen의 목적어가 되고 있는 4격이다. ob 이하 문장의 주어는 mein Herz이다. mich는 belog의 목적어인 4격이다.

O Bächlein meiner Liebe,
Wie bist du heut so stumm!
Will ja nur eines wissen,
Ein Wörtchen um und um.

오 내 사랑의 시내야,
너 오늘은 어찌 그렇게 말이 없느냐!
정말 단 하나만 알고 싶다,

132

한마디의 간단한 말을 확실하게.

[새김]

O 오, meiner Liebe 내 사랑의, Bächlein 시내야, du 너, heut 오늘은, wie 어찌, bist ... so stumm 그렇게 말이 없느냐, ja 정말, nur eines 단 하나만, will...wissen 알고 싶다, ein Wörtchen 한마디의 간단한 말을, um und um 확실하게.

[단어]

die Liebe -n, 사랑; heute 오늘; stumm 말없는; wissen - wusste - gewusst, ich weiß, du weißt, er weiß, 알다; das Wort -(e)s, -e, 말; das Wörtchen -s, -, 간단한 말 (Wort의 축소명사); um und um 완전히, 정확히

[문법/해설]

heut는 heute의 단축형이다. eines는 부정대명사 ein-의 중성 4격으로 wissen의 목적어이다. eines가 가리키는 것은 ein Wörtchen이다. 즉 알고 싶은 것은 '단 하나, 간단한 말 한마디'이다.

> Ja heißt das eine Wörtchen,
> Das andre heißet Nein,
> Die beiden Wörtchen schließen
> Die ganze Welt mir ein.

그 하나의 간단한 말은 그렇다이고,
다른 하나의 간단한 말은 아니오이다,
그 두 개의 간단한 말이
나에게는 온 세상을 포함하고 있다.

[새김]

das eine Wörtchen 그 하나의 간단한 말은, Ja heißt 그렇다이고, das andre 다른 하나의 간단한 말은, heißet Nein 아니오이다, die beiden Wörtchen 그 두 개의 간단한 말이, mir 나에게는, die ganze Welt 온 세상을, schließen...ein 포함하고 있다.

[단어]

heißen - hieß - geheißen ~이다, ~을 의미하다; beide 둘의; einschließen - schloss...ein - eingeschlossen 포함하다; ganz 전체의; die Welt -en, 세상

[문법/해설]
'das eine ..., das andere ...'는 둘 중에 하나와 다른 하나를 가리키는 표현이다. 중성 das가 쓰인 것은 Wörtchen의 성이 중성이기 때문이다. das and(e)re 다음에는 Wörtchen이 생략되었다. heißet는 heißt의 변형이다. 어순을 이해하기 쉽게 바꾸고 생략된 부분을 보충하면 Das eine Wörtchen heißt Ja, das andere Wörtchen heißt Nein이다.

O Bächlein meiner Liebe,
Was bist du wunderlich!
Will's ja nicht weitersagen,
Sag, Bächlein, liebt sie mich?

오 내 사랑의 시내야,
너는 참으로 놀랍구나!
(나는) 그것을 전하지 않겠다 (누구에게도 말하지 않겠다),
말해 다오, 시내야, 그녀가 나를 사랑하느냐?

[새김]
O 오, meiner Liebe 내 사랑의, Bächlein 시내야, du 너는, was...wunderlich 참으로 놀랍구나, will's (나는) 그것을, ja 정말, nicht weitersagen 전하지 않겠다, sag 말해 다오, Bächlein 시내야, sie 그녀가, liebt...mich 나를 사랑하느냐?

[단어]
die Liebe -n, 사랑; wunderlich 놀라운; weitersagen 말을 전하다; lieben 사랑하다

[문법/해설]
meiner는 ich의 소유대명사 mein이 여성명사 Liebe 앞에서 여성 2격 어미를 가진 것이다. was는 감탄의 뜻이다. will's는 will es의 단축형이며 es는 그녀가 나를 사랑하는지의 여부이다. sag는 동사 sagen의 단수 2인칭에 대한 명령형이다.

134

7. Ungeduld 초조

Ich schnitt es gern in alle Rinden ein,
Ich grüb es gern in jeden Kieselstein,
Ich möcht es sä'n auf jedes frische Beet
Mit Kressensamen, der es schnell verrät,
Auf jeden weißen Zettel möcht ich's schreiben:
Dein ist mein Herz und soll es ewig bleiben!

나는 그것을 즐거이 모든 나무껍질에 새겨 넣고 싶다.
나는 그것을 즐거이 모든 조약돌에 새기고 싶다,
나는 그것을 모든 새 화단에 뿌리고 싶다
금련화 씨와 함께, 그 씨는 그것을 곧 발설하겠지,
모든 하얀 종이 위에 나는 그것을 쓰고 싶다:
내 마음은 너의 것 그리고 그것은 영원히 그러하리라!

[새김]
ich 나는, es 그것을, gern 즐거이, in alle Rinden 모든 나무껍질에,
schnitt...ein 새겨 넣고 싶다, ich 나는, es 그것을, gern 즐거이, in jeden
Kieselstein 모든 조약돌에, grüb 새기고 싶다, ich 나는, es 그것을, auf jedes
frische Beet 모든 새 화단에, möcht...sä'n 뿌리고 싶다, mit Kressensamen
금련화 씨와 함께, der 그 씨는, es 그것을, schnell 곧, verrät 발설하겠지, auf
jeden weißen Zettel 모든 하얀 종이 위에, ich's 나는 그것을,
möcht...schreiben 쓰고 싶다, mein Herz 내 마음은, dein ist 너의 것이다,
und 그리고, es 그것은, soll ... ewig bleiben 영원히 그러하리라!

[단어]
die Ungeduld 초조; einschneiden - schnitt...ein - eingeschnitten 새겨 넣다;
gern 즐거이; die Rinde -n, 나무껍질; graben - grub - gegraben, du gräbst,
er gräbt, 새기다; der Kieselstein -(e)s, -e, 조약돌; säen (씨앗 등을) 뿌리다;
frisch 갓 가꾸어진; das Beet -(e)s, -e, 화단; der Kressensamen -s, -, 금련
화 씨; schnell 빨리; verraten - verriet - verraten, du verrätst, er verrät, 발
설하다, 털어놓다; weiß 하얀; der Zettel -s, -, 종이 조각; schreiben -

schrieb - geschrieben 쓰다; das Herz -ens, -en, 마음; ewig 영원히; bleiben - blieb - geblieben 머무르다

[문법/해설]
제1행의 schnitt는 schnitte의 단축형이며, schnitte는 schneiden의 접속법 2식 형태이다. gern과 함께 쓰여 접속법 2식이 소망을 나타내고 있는 경우이다. es 가 가리키는 그것이 무엇인지는 아직 드러나 있지 않다. 제2행의 grüb는 grübe 의 단축형이며, grübe는 graben의 접속법 2식 형태이다. 역시 gern과 함께 쓰여 소망을 나타내고 있다. 제3행의 möcht는 möchte의 단축형이며, 화법조동사 mögen의 접속법 2식 형태로서 소망을 나타낸다. sä'n은 säen의 단축형이다. 문 법적으로 바른 어순으로 고쳐 쓰면 Ich möcht es auf jedes frische Beet säen이다. 어순을 바꾼 것은 Beet와 verrät의 운을 맞추기 위해서이다. der는 Kressensamen을 선행사로 하는 관계대명사이다. 그것을 곧 말할 금련화 씨앗을 뿌리고 싶다는 의미이다. 제5행의 ich's는 ich es의 단축형이다. 마지막 행의 dein은 du의 소유대명사이며, 이해하기 쉬운 어순으로 바꾸면 Mein Herz ist dein이다. 즉 es는 '내 마음은 너의 것'이라는 사실을 가리킨다. 지금까지 나왔 던 모든 es는 같은 의미이다. 즉 '내 마음은 너의 것'이라는 사실을 모든 나무껍 질에 새겨 넣고 싶고, 모든 조약돌에 새기고 싶고, 모든 새 화단에 뿌리고 싶고, 모든 하얀 종이 위에 쓰고 싶다는 것이다.

> Ich möcht mir ziehen einen jungen Star,
> Bis dass er spräch die Worte rein und klar,
> Bis er sie spräch mit meines Mundes Klang,
> Mit meines Herzens vollem heißem Drang;
> Dann säng er hell durch ihre Fensterscheiben:
> Dein ist mein Herz und soll es ewig bleiben!

나는 나를 위해 새끼 찌르레기 한 마리를 키우고 싶다,
그(찌르레기)가 그 말을 정확하고 똑똑하게 말할 때까지,
그(찌르레기)가 그 말을 내 입의 소리로 말할 때까지,
내 마음의 가득하고 뜨거운 열정으로 (말할 때까지);
그러면 그(찌르레기)는 그녀의 유리창을 통해 낭랑하게 노래하겠지:
내 마음은 너의 것 그리고 그것은 영원히 그러하리라!

ich 나는, mir 나를 위해, einen jungen Star 새끼 찌르레기 한 마리를, möcht...ziehen 키우고 싶다, er 그(찌르레기)가 die Worte 그 말을, rein und klar 정확하고 똑똑하게, bis dass ... spräch 말할 때까지, er 그(찌르레기)가, sie 그 말을, meines Mundes 내 입의, mit Klang 소리로, bis...spräch 말할 때까지, meines Herzens 내 마음의, mit ... vollem heißem Drang 가득하고 뜨거운 열정으로 (말할 때까지), dann 그러면, er 그(찌르레기)는, durch ihre Fensterscheiben 그녀의 유리창을 통해, hell 낭랑하게, säng 노래하겠지, mein Herz 내 마음은, dein ist 너의 것이다, und 그리고, es 그것은, soll ... ewig bleiben 영원히 그러리라!

[단어]
ziehen - zog - gezogen 키우다, 기르다; jung 어린, 젊은; der Star -(e)s, -e, 찌르레기; bis ~할 때까지; sprechen - sprach - gesprochen, du sprichst, er spricht, 말하다; das Wort -(e)s, -e, 말; rein (발음 등이) 정확한; klar 똑똑한, 분명한; der Mund -(e)s, Münder, 입; der Klang -(e)s, Klänge, 소리, 울림; voll 가득한; heiß 뜨거운; der Drang -(e)s, 열정, 충동; singen - sang - gesungen 노래하다; hell 낭랑한, 밝은; die Fensterscheibe -n, 유리창; ewig 영원히; bleiben - blieb - geblieben 머무르다

[문법/해설]
제1행의 möcht는 möchte의 단축형이다. 문법적으로 바른 어순으로 고치면 Ich möcht mir einen jungen Star ziehen이다. 어순을 바꾼 이유는 Star와 klar의 운을 맞추기 위해서이다. mir는 für mich의 의미로 쓰인 3격이다. er는 찌르레기를 가리킨다. spräch는 spräche의 단축형이며, spräche는 sprechen의 접속법 2식 형태이다. 찌르레기가 말을 할 때까지라는 비현실적인 가정이므로 접속법 2식이 사용되었다. dass 이하는 부문장이므로 동사를 후치하여 문법적으로 바른 어순으로 고치면 bis dass er die Worte rein und klar spräch이다. 그 말이란 '내 마음은 너의 것'이라는 말이다. 어순을 바꾼 이유는 klar와 Star의 운을 맞추기 위해서이다. er는 찌르레기, sie는 앞 구절의 die Worte를 가리킨다. meines Mundes는 Klang을 수식하는 2격이다. 독일어의 2격은 수식하는 명사의 뒤에 오는 것이 보통인데 이렇게 앞에서 명사를 수식할 때도 있다. 일반적인 형식으로 고치면 mit dem Klang meines Mundes이다. 앞 문장과 마찬가지로 sprechen의 접속법 2식 형태 spräch가 사용된 것은 찌르레기가 내 입에서 나오는 것과 같은 소리로 말을 한다는 비현실적인 가정이기 때문이다. 바른 어순으

로 고치면 bis er sie mit meines Mundes Klang spräch이며, 어순을 바꾼 이유는 Klang과 Drang의 운을 맞추기 위해서이다. meines Herzens는 Drang을 수식하는 2격이다. 독일어의 2격은 수식하는 명사의 뒤에 오는 것이 보통인데 이렇게 앞에서 명사를 수식할 때도 있다. 이해하기 쉬운 형식으로 고치면 mit vollem, heißem Drang meines Herzens이다. 어순을 바꾼 이유는 Drang과 Klang의 운을 맞추기 위해서이다. säng은 sänge의 단축형이며 sänge는 singen 의 접속법 2식 형태이다. 찌르레기가 노래한다는 가정적 상황이므로 접속법 2식 이 사용되었다.

Den Morgenwinden möcht ich's hauchen ein,
Ich möcht es säuseln durch den regen Hain;
O, leuchtet es aus jedem Blumenstern!
Trüg es der Duft zu ihr von nah und fern!
Ihr Wogen, könnt ihr nichts als Räder treiben?
Dein ist mein Herz und soll es ewig bleiben!

아침 바람에 나는 그것을 불어넣고 싶다,
나는 그것을 속삭이고 싶다 활기 있는 숲을 지나면서;
오, 그것이 모든 꽃별에서 빛난다면!
그것을 향기가 그녀에게 멀리서 가까이서 가져간다면!
너희들 물결아, 너희들은 오직 물레바퀴만 움직일 수 있느냐?
내 마음은 너의 것 그리고 그것은 영원히 그러하리라!

[새김]

den Morgenwinden 아침 바람에, ich's 나는 그것을, möcht ... hauchen ein 불어넣고 싶다, ich 나는, es 그것을, möcht...säuseln 속삭이고 싶다, durch den regen Hain 활기 있는 숲을 지나면서, O 오, es 그것이, aus jedem Blumenstern 모든 꽃별에서, leuchtet 빛난다면, es 그것을, der Duft 향기가, zu ihr 그녀에게, von nah und fern 멀리서 가까이서, trüg 가져간다면, ihr Wogen 너희들 물결아, ihr 너희들은, nichts als Räder 오직 물레바퀴만, könnt...treiben 움직일 수 있느냐, mein Herz 내 마음은, dein ist 너의 것이 다, und 그리고, es 그것은, soll ... ewig bleiben 영원히 그러하리라!

[단어]

der Morgenwind -(e)s, -e, 아침 바람; einhauchen 불어넣다; säuseln 속삭이다; rege 활기 있는; der Hain -(e)s, -e, 숲; leuchten 빛나다, 반짝이다; der Blumenstern -(e)s, -e, 꽃별; tragen - trug - getragen, du trägst, er trägt, 나르다, 가지고 가다; der Duft -(e)s, Düfte, 향기; nah 가까운; fern 먼; von nah und fern 멀리서 가까이서; die Woge -n, 물결; das Rad -(e)s, Räder, 바퀴; treiben - trieb - getrieben 움직이다; nichts als 오직; ewig 영원히; bleiben - blieb - geblieben 머무르다

[문법/해설]
제1행의 möcht는 möchte의 단축형이다. ich's는 ich es의 단축형이며 es가 가리키는 것은 '내 마음은 너의 것'이다. leuchtet는 leuchtete의 단축형이며, 과거형이 아니고 접속법 2식 형태이다. '그것', 즉 '내 마음은 너의 것'이라는 말이 모든 별처럼 생긴 꽃에서 빛나면 좋겠다는 소망을 나타내는 접속법 2식 문장이다. trüg는 trüge의 단축형이며 trüge는 tragen의 접속법 2식 형태이다. 소망을 나타내므로 접속법 2식이 사용되었다. ihr Wogen에서 ihr와 Wogen은 동격이다. 물결이 물레바퀴뿐만 아니라 그녀의 마음도 좀 움직여 주었으면 좋겠다는 바람이 담겨 있는 질문이다.

Ich meint, es müsst in meinen Augen stehn,
Auf meinen Wangen müsst man's brennen sehn,
Zu lesen wär's auf meinem stummen Mund,
Ein jeder Atemzug gäb's laut ihr kund;
Und sie merkt nichts von all dem bangen Treiben:
Dein ist mein Herz und soll es ewig bleiben!

나는 생각했다, 그것이 틀림없이 내 눈 속에 있을 것이라고,
내 뺨 위에서 사람들은 그것이 불타는 것을 틀림없이 볼 것이라고,
그것이 내 말없는 입에서 읽혀질 것이라고,
매번의 호흡이 그것을 그녀에게 큰 소리로 알려줄 것이라고;
그런데 그녀는 그 모든 불안한 움직임에 대해서 아무것도 알아채지 못하네:
내 마음은 너의 것 그리고 그것은 영원히 그러하리라!

[새김]
ich 나는, meint 생각했다, es 그것이, müsst 틀림없이, in meinen Augen 내

139

눈 속에, stehn 있을 것이라고, auf meinen Wangen 내 뺨 위에서, man's 사람들은 그것이, brennen 불타는 것을, müsst...sehn 틀림없이 볼 것이라고, 's 그것이, auf meinem stummen Mund 내 말없는 입에서, wär ... zu lesen 읽혀질 것이라고, ein jeder Atemzug 매번의 호흡이, 's 그것을, ihr 그녀에게, laut 큰 소리로, gäb...kund 알려줄 것이라고, und 그런데, sie 그녀는, von all dem bangen Treiben 그 모든 불안한 움직임에 대해서, merkt nichts 아무것도 알아채지 못하네, mein Herz 내 마음은, dein ist 너의 것이다, und 그리고, es 그것은, soll ... ewig bleiben 영원히 그러하리라!

[단어]
meinen 생각하다; das Auge -s, -n, 눈; stehen - stand - gestanden 있다; die Wange -n, 뺨; brennen - brannte - gebrannt 불타다; sehen - sah - gesehen, du siehst, er sieht, 보다; lesen - las - gelesen, du liest, er liest, 읽다; stumm 말없는; der Mund -(e)s, Münder, 입; der Atemzug -(e)s, ...züge, 호흡; kundgeben - gab...kund - kundgegeben, du gibst...kund, er gibt...kund, 알리다; laut 큰 소리로; merken 알아채다; bange 불안한; das Treiben -s, -, 움직임, 활동; ewig 영원히; bleiben - blieb - geblieben 머무르다

[문법/해설]
제1행의 meint는 meinte의 단축형이다. müsst는 müsste의 단축형이며, 화법조동사 müssen의 접속법 2식 형태로 추측을 나타내고 있다. 그것이 틀림없이 내 눈 속에 있을 것이라는 말은, '내 마음은 너의 것'이라는 진실한 마음이 내 눈에 나타나 있을 것이라는 뜻이다. müsst는 앞 문장에서와 마찬가지로 화법조동사 müssen의 접속법 2식 형태로 추측을 나타내고 있다. man's는 man es의 단축형이다. es는 '내 마음은 너의 것'이라는 마음을 가리킨다. seh(e)n이 지각동사이므로 동사 원형 brennen이 사용되었다. wär's는 wäre es의 단축형이며 wäre는 동사 sein의 접속법 2식 형태로 추측을 나타내고 있다. es는 앞의 경우와 마찬가지로 '내 마음은 너의 것'이라는 뜻이다. sein 동사는 zu 부정사와 함께 쓰여 수동의 가능을 나타낸다. 이해하기 쉬운 어순으로 고치면 Es wäre auf meinem stummen Mund zu lesen (그것은 내 말없는 입에서 읽혀질 것이다). gäb's는 gäbe es의 단축형이며, gäbe는 geben의 접속법 2식 형태이다. 비현실적 가정을 나타내고 있다. es는 앞의 경우와 같은 의미이다.

8. Morgengruß 아침 인사

> Guten Morgen, schöne Müllerin!
> Wo steckst du gleich das Köpfchen hin,
> Als wär dir was geschehen?
> Verdrießt dich denn mein Gruß so schwer?
> Verstört dich denn mein Blick so sehr?
> So muss ich wieder gehen.

안녕하세요, 아름다운 물방앗간 아가씨!
그대 예쁜 얼굴을 어디로 바로 돌리는가,
마치 그대에게 무슨 일이 일어난 것처럼?
도대체 나의 인사가 그대를 그렇게 심히 불쾌하게 하는가?
도대체 나의 시선이 그대를 그렇게 매우 당황하게 하는가?
그럼 나는 다시 가야만 한다.

[새김]

guten Morgen 안녕하세요, schöne Müllerin 아름다운 물방앗간 아가씨, du 그대, das Köpfchen 작은 머리를 (예쁜 얼굴을), wo...hin 어디로, gleich 바로, steckst 감추는가 (돌리는가), als wär 마치, dir 그대에게, was 무슨 일이, geschehen 일어난 것처럼, denn 도대체, mein Gruß 나의 인사가, dich 그대를, so schwer 그렇게 심히, verdrießt 불쾌하게 하는가, denn 도대체, mein Blick 나의 시선이, dich 그대를, so sehr 그렇게 매우, verstört 당황하게 하는가, so 그럼, ich 나는, wieder 다시, muss...gehen 가야만 한다.

[단어]

schön 아름다운; die Müllerin -nen, 물방앗간 아가씨; wo...hin 어디로; stecken 감추다, 집어넣다; gleich 바로; das Köpfchen -s, -, 머리 (Kopf의 축소명사, 축소명사는 작고 귀여운 의미); geschehen - geschah - geschehen, 일어나다, 발생하다; verdrießen - verdross - verdrossen 화나게 하다, 불쾌하게 하다; denn (의문의 강조) 도대체; der Gruß -es, Grüße, 인사; schwer 심하게; verstören 당황하게 하다; der Blick -(e)s, -e, 시선; sehr 매우

Guten Morgen은 아침 인사이다. 예쁜 얼굴을 바로 돌린다는 것은 못 본 척 고개를 다른 데로 돌린다는 의미이다. wär는 wäre의 단축형이며 sein 동사의 접속법 2식 형태이다. 'als ob + 접속법 2식'은 '마치 ~처럼'의 뜻인데, ob이 생략되면 동사가 ob의 위치에 온다. 즉 als wär dir was geschehen은 als ob dir was geschehen wär에서 ob이 생략된 문장이다. 주어는 was인데 이때 was는 의문사가 아니고 etwas의 단축형이다. geschehen은 완료형에서 sein 동사와 결합하므로 wär가 쓰인 것이다.

O lass mich nur von ferne stehn,
Nach deinem lieben Fenster sehn,
Von ferne, ganz von ferne!
Du blondes Köpfchen, komm hervor!
Hervor aus eurem runden Tor,
Ihr blauen Morgensterne!

오 나를 멀리 서 있게만 해 다오,
그대의 예쁜 창문을 바라볼 수 있게 해 다오,
멀리서, 아주 멀리서!
그대 금발 머리여, 나오너라!
너희들의 둥근 문 밖으로 나오너라,
너희 푸른 샛별들아!

[새김]

O 오, mich 나를, von ferne 멀리, nur...stehn 서 있게만, lass 해 다오, nach deinem lieben Fenster 너의 예쁜 창문을, sehn 바라볼 수 있게, lass 해 다오, von ferne 멀리서, ganz von ferne 아주 멀리서, du 그대, blondes Köpfchen 금발 머리여, komm hervor 나오너라, aus eurem runden Tor 너희들의 둥근 문 밖으로, hervor 나오너라, ihr blauen Morgensterne 너희 푸른 샛별들아!

[단어]

lassen - ließ - gelassen, du lässt, er lässt, 허용하다; von ferne 멀리서; stehen - stand - gestanden 서 있다; das Fenster -s, -, 창문; sehen - sah - gesehen, du siehst, er sieht, 보다; nach D sehen ~을 바라보다; ganz 완전

142

한; blond 금발의; das Köpfchen -s, -, 머리 (Kopf의 축소명사); hervorkommen - kam...hervor - hervorgekommen 나오다, 나타나다; rund 둥근; das Tor -(e)s, -e, 문; blau 푸른; der Morgenstern -(e)s, -e, 샛별

[문법/해설]
lass는 lassen의 단수 2인칭에 대한 명령형이다. lassen은 동사 원형을 취하므로 steh(e)n, seh(e)n과 함께 쓰였다. du와 blondes Köpfchen은 동격이다. komm hervor는 hervorkommen의 단수 2인칭에 대한 명령형이다. ihr와 blauen Morgensterne는 동격이다.

> Ihr schlummertrunknen Äugelein,
> Ihr taubetrübten Blümelein,
> Was scheuet ihr die Sonne?
> Hat es die Nacht so gut gemeint,
> Dass ihr euch schließt und bückt und weint
> Nach ihrer stillen Wonne?

너희 잠에 취한 귀여운 눈들아,
너희 이슬에 젖은 예쁜 꽃들아,
왜 너희들은 태양을 피하느냐?
밤이 그렇게 좋았더냐,
그래서 너희들은 잎을 닫고 구부리고 우느냐
밤의 조용한 기쁨이 끝난 후에?

[새김]
ihr 너희, schlummertrunknen Äugelein 잠자리 술에 취한 (잠에 취한) 귀여운 눈들아, ihr 너희, taubetrübten Blümelein 이슬에 젖은 예쁜 꽃들아, was 왜, ihr 너희들은, die Sonne 태양을, scheuet 피하느냐, die Nacht 밤이, hat ... es so gut gemeint 그렇게 좋았더냐, dass 그래서, ihr 너희들은, euch schließt und bückt und 잎을 닫고 구부리고, weint 우느냐, ihrer 밤의, stillen 조용한, Wonne 기쁨이, nach 끝난 후에.

[단어]
schlummertrunken 잠자기 전에 마신 술에 취한, 잠에 취한; das Äugelein -s,

143

-, 눈 (Auge의 축소명사); der Tau -(e)s, -e, 이슬; betrübt 슬픈; scheuen 피하다, 두려워하다; das Blümelein -s, -, 꽃 (Blume의 축소명사); die Sonne -n, 태양; meinen 의미하다; schließen - schloss - geschlossen 잠그다; bücken 구부리다; weinen 울다; still 조용한; die Wonne -n, 기쁨

[문법/해설]
ihr와 schlummertrunknen Äugelein은 동격이다. ihr와 taubetrübten Blümelein도 동격이다. was는 warum의 뜻이다. es는 비인칭 목적어로서 특정한 것을 가리키지 않고 형식적으로 쓰인 것이다. 'so 형용사/부사 dass' 구문은 너무 형용사/부사 하기 때문에 dass 이하가 되었다는 의미이다. 즉 형용사/부사가 원인이 되어 dass 이하의 결과가 되었다는 뜻이다.

> Nun schüttelt ab der Träume Flor,
> Und hebt euch frisch und frei empor
> In Gottes hellen Morgen!
> Die Lerche wirbelt in der Luft,
> Und aus dem tiefen Herzen ruft
> Die Liebe Leid und Sorgen.

이제 꿈들의 베일은 떨쳐 버려라,
그리고 신선하고 자유롭게 솟아올라라
신의 밝은 아침 속으로!
종달새가 하늘에서 지저귄다,
그리고 마음속 깊은 곳에서는
사랑이 괴로움과 근심을 외친다.

[새김]
nun 이제, der Träume 꿈들의, Flor 베일은, schüttelt ab 떨쳐 버려라, und 그리고, frisch und frei 신선하고 자유롭게, hebt euch 솟아올라라, Gottes 신의, in ... hellen Morgen 밝은 아침 속으로, die Lerche 종달새가, in der Luft 공중에서 (하늘에서), wirbelt 지저귄다, und 그리고, aus dem tiefen Herzen 마음속 깊은 곳에서는, die Liebe 사랑이, Leid und Sorgen 괴로움과 근심을, ruft 외친다.

144

[단어]

abschütteln 흔들어 떨쳐 버리다; der Traum -(e)s, Träume, 꿈; der Flor -s, -e, 베일; emporheben - hob...empor - emporgehoben 올리다, 높이다; frisch 신선하게; frei 자유롭게; hell 밝은; der Morgen -s, -, 아침; die Lerche -n, 종달새; wirbeln 선회하다, 지저귀다; die Luft, Lüfte, 공기, 공중; tief 깊은; das Herz -ens, -en, 마음; rufen - rief - gerufen 외치다; die Liebe -n, 사랑; das Leid -(e)s, 괴로움; die Sorge -n, 근심

[문법/해설]

제1행과 2행은 복수 2인칭에 대한 명령문이다. der Träume는 복수 2격으로 Flor를 수식하고 있다. 독일어의 2격은 수식하는 명사의 뒤에 오는 것이 보통인데 이렇게 앞에서 명사를 수식할 때도 있다. 여기에서는 각운을 맞추기 위한 것이다. 2격이 수식하고 있는 명사의 앞에 위치할 때는 그 명사에 관사를 붙이지 않는다. 이해하기 쉬운 어순으로 바꾸면 den Flor der Träume이다. 마찬가지로 제3행의 Gottes도 Morgen을 수식하는 2격이다. 제5행의 und aus dem 이하의 주어는 die Liebe이다.

9. Des Müllers Blumen 방아꾼의 꽃

Am Bach viel kleine Blumen stehn,
Aus hellen blauen Augen sehn;
Der Bach, der ist des Müllers Freund,
Und hellblau Liebchens Auge scheint,
Drum sind es meine Blumen.

시냇가에 작은 꽃들이 많이 서 있다,
(그 작은 꽃들이) 밝고 푸른 눈으로 본다;
시내 그것은 방아꾼의 친구이다,
그리고 연인의 눈은 밝고 푸르게 빛난다,
그러므로 그것은 나의 꽃들이다.

[새김]

am Bach 시냇가에, kleine Blumen 작은 꽃들이, viel 많이, stehn 서 있다,
aus hellen blauen Augen 밝고 푸른 눈으로, sehn 본다, der Bach 시내, der
그것은, des Müllers 방아꾼의, ist...Freund 친구이다, und 그리고, Liebchens
Auge 연인의 눈은, hellblau 밝고 푸르게, scheint 빛난다, drum 그러므로, es
그것은, sind ... meine Blumen 나의 꽃들이다.

[단어]

der Müller -s, -, 방아꾼; die Blume -n, 꽃; der Bach -(e)s, Bäche, 시내;
viel 많은; klein 작은; stehen - stand - gestanden 서 있다; hell 밝은, 맑은;
blau 푸른; das Auge -s, -n, 눈; sehen - sah - gesehen, du siehst, er
sieht, 보다; der Freund -(e)s, -e, 친구; das Liebchen -s, -, 연인; scheinen
- schien - geschienen 빛나다; drum = darum 그러므로

[문법/해설]

제1행을 바른 어순으로 고치면 Am Bach steh(e)n viel kleine Blumen이며,
어순을 바꾼 이유는 stehn과 sehn의 운을 맞추기 위해서이다. 제2행의 주어는
앞의 viel kleine Blumen이다. 제3행 Bach 다음의 der는 Bach를 가리키는 지
시대명사이다. des Müllers는 2격으로서 Freund를 수식하고 있다. 일반적인 형
태는 der Freund des Müllers이다. 2격이 수식하고 있는 명사의 앞에 위치할

때는 그 명사에 관사를 붙이지 않는다. 마지막 행의 es는 시냇가에 있는 작은 꽃들이다.

> Dicht unter ihrem Fensterlein,
> Da will ich pflanzen die Blumen ein;
> Da ruft ihr zu, wenn alles schweigt,
> Wenn sich ihr Haupt zum Schlummer neigt,
> Ihr wisst ja, was ich meine.

그녀의 창문 바로 아래,
그곳에 나는 꽃을 심고 싶다;
그곳에서 그녀에게 알려 다오, 모든 것이 조용할 때,
그녀의 머리가 졸음으로 기울 때,
너희들은 잘 알겠지, 내가 무엇을 원하는지.

[새김]
ihrem Fensterlein 그녀의 창문, dicht unter 바로 아래, da 그곳에, ich 나는, die Blumen 꽃을, will...pflanzen...ein 심고 싶다, da 그곳에서, ihr 그녀에게, ruft...zu 알려 다오, alles 모든 것이, wenn...schweigt 조용할 때, ihr Haupt 그녀의 머리가, zum Schlummer 졸음으로, wenn sich ... neigt 기울 때, ihr 너희들은, ja 잘, wisst 알겠지, ich 내가, was 무엇을, meine 생각하는지 (원하는지).

[단어]
dicht 바로 가까이에; das Fensterlein -s, -, 창문 (Fenster의 축소명사); da 그곳에; einpflanzen 심다; zurufen - rief...zu - zugerufen 알리다; schweigen - schwieg - geschwiegen 침묵하다; das Haupt -(e)s, Häupter, 머리; der Schlummer -s, 졸음; sich neigen 기울다; wissen - wusste - gewusst, ich weiß, du weißt, er weiß, 알다; meinen 생각하다, 의미하다

[문법/해설]
제2행을 문법적으로 바른 어순으로 고치면 Da will ich die Blumen einpflanzen이다. 제1행과 각운을 맞추기 위해서 어순을 바꾼 것이다. 제3행의 ruft는 복수 2인칭(꽃들)에 대한 명령형이다.

> Und wenn sie tät die Äuglein zu,
> Und schläft in süßer, süßer Ruh,
> Dann lispelt als ein Traumgesicht
> Ihr zu: Vergiss, vergiss mein nicht!
> Das ist es, was ich meine.

그리고 그녀가 눈을 감으면,
그리고 달고 단 편안함 속에서 잠자면,
그러면 꿈속의 모습이 되어
그녀에게 속삭여라: 잊지, 나를 잊지 말아라!
그것이 내가 원하는 바로 그것이다.

[새김]

und 그리고, sie 그녀가, die Äuglein 눈을, wenn...tät...zu 감으면, und 그리고, in süßer, süßer Ruh 달고 단 편안함 속에서, wenn...schläft 잠자면, dann 그러면, als ein Traumgesicht 꿈속의 모습이 되어, ihr 그녀에게, lispelt...zu 속삭여라, vergiss 잊지, vergiss mein 나를 잊지, nicht 말아라, das 그것이, ich 내가, meine 생각하는 (원하는), es...was 바로 그것, ist 이다.

[단어]

zutun - tat...zu - zugetan 감다, 닫다; das Äuglein -s, -, 눈 (Auge의 축소명사); schlafen - schlief - geschlafen, du schläfst, er schläft, 자다; süß 단, 달콤한; die Ruhe 평온, 휴식; zulispeln 속삭이다; das Traumgesicht -(e)s, -e, 환영, 꿈속의 모습; vergessen - vergaß - vergessen, du vergisst, er vergisst, 잊다; das Vergissmeinnicht -(e)s, -(e), 물망초; meinen 생각하다, 의미하다

[문법/해설]

제1행의 tät는 tun의 접속법 2식 täte에서 e가 생략된 형태이다. 제2행의 주어는 앞의 sie이다. Ruh는 Ruhe의 단축형이다. 제3행의 lispelt는 복수 2인칭(꽃들)에 대한 명령형이다. 제4행의 zu는 zulispeln의 분리전철이다. vergiss는 vergessen의 단수 2인칭(아가씨)에 대한 명령형이다. 그 아가씨의 꿈속에 나타나서, 나를 잊지 말라고 속삭여 달라는 뜻이다.

148

Und schließt sie früh die Laden auf,
Dann schaut mit Liebesblick hinauf:
Der Tau in euren Äugelein,
Das sollen meine Tränen sein,
Die will ich auf euch weinen.

그리고 그녀가 아침에 덧문을 열면,
그러면 사랑의 눈빛으로 올려다보아라:
너희들 눈 속의 이슬,
그것은 나의 눈물이리라,
내가 너희들에게 흘리려는 그 눈물.

[새김]
und 그리고, sie 그녀가, früh 아침에, die Laden 덧문을, schließt...auf 열면,
dann 그러면, mit Liebesblick 사랑의 눈빛으로, schaut...hinauf 올려다보아라,
in euren Äugelein 너희들 눈 속의, der Tau 이슬, das 그것은, meine
Tränen 나의 눈물, sollen...sein 이리라, ich 내가, auf euch 너희들에게,
will...weinen 흘리려는, die 그것(그 눈물).

[단어]
aufschließen - schloss...auf - aufgeschlossen 열다; früh 일찍, 아침에; der
Laden -s, -, 덧문 (차광 또는 창문보호 등의 목적으로 유리 창문 바깥쪽에 설
치하는 문); hinaufschauen 위를 바라보다; der Liebesblick -(e)s, -e, 사랑의
눈빛; der Tau -(e)s, 이슬; die Träne -n, 눈물; weinen 울다, 눈물 흘리다

[문법/해설]
제1행은 und 다음에 wenn이 생략되고 그 자리에 동사가 위치한 문장이다. 제2
행의 schaut는 복수 2인칭(꽃들)에 대한 명령형이다. 마지막 행의 die는 앞 문장
의 Tränen을 가리키는 지시대명사이다.

10. Tränenregen 눈물의 비

> Wir saßen so traulich beisammen
> Im kühlen Erlendach,
> Wir schauten so traulich zusammen
> Hinab in den rieselnden Bach.

우리는 아주 다정하게 함께 앉아 있었다
시원한 오리나무 지붕 아래,
우리는 아주 다정하게 함께 내려다보았다
졸졸 흐르는 시내를.

[새김]
wir 우리는, so traulich 아주 다정하게, beisammen 함께, saßen 앉아 있었다, kühlen 시원한, im...Erlendach 오리나무 지붕 속에 (아래), wir 우리는, so traulich 아주 다정하게, zusammen 함께, schauten...hinab 내려다보았다, in den rieselnden Bach 졸졸 흐르는 시내를.

[단어]
sitzen - saß - gesessen 앉아 있다; traulich 다정하게; beisammen 함께; kühl 시원한; die Erle -n, 오리나무; das Dach -(e)s, Dächer, 지붕; hinabschauen 내려다보다; zusammen 함께; rieseln 졸졸 흐르다; der Bach -(e)s, Bäche, 시내

[문법/해설]
'오리나무 지붕 아래 앉아 있었다'는 말은 오리나무를 지붕 삼아 그 아래에 앉아 있었다는 뜻이다. hinab은 hinabschauen의 분리전철이므로 후치해야 하지만 각운을 맞추기 위해 어순이 바뀌었다. rieselnden은 동사 rieseln의 현재분사가 형용사로 쓰여 어미 변화를 한 것이다.

> Der Mond war auch gekommen,
> Die Sternlein hinterdrein,
> Und schauten so traulich zusammen

| In den silbernen Spiegel hinein.

달도 왔고,
별들은 나중에 (왔다),
그리고 아주 다정하게 함께 들여다보았다
은빛 거울을.

[새김]

der Mond ... auch 달도, war...gekommen 왔고, die Sternlein 작은 별들은,
hinterdrein 나중에 (왔다), und 그리고, so traulich 아주 다정하게, zusammen
함께, schauten...hinein 들여다보았다, in den silbernen Spiegel 은빛 거울을.

[단어]

der Mond -(e)s, -e, 달; kommen - kam - gekommen 오다; das Sternlein
-s, -, 별 (Stern의 축소명사); hinterdrein 나중에; hineinschauen 들여다보다;
traulich 다정하게; zusammen 함께; silbern 은빛의; der Spiegel -s, -, 거울

[문법/해설]

die Sternlein hinterdrein은 die Sternlein waren hinterdrein gekommen의
단축형이다. 제3행의 주어는 달과 별들이다. hinein은 hineinschauen의 분리전
철이므로 후치했다. '달과 별들이 다정하게 함께 은빛 거울을 들여다보았다'는
말은 달과 별들이 시냇물 수면에 비쳤다는 뜻이다.

| Ich sah nach keinem Monde,
| Nach keinem Sternenschein,
| Ich schaute nach ihrem Bilde,
| Nach ihren Augen allein.

나는 달을 쳐다보지 않았고,
별빛을 쳐다보지 않았다,
나는 그녀의 모습을 바라보았다,
오직 그녀의 눈만 (바라보았다).

[새김]

ich 나는, sah nach keinem Monde 달을 쳐다보지 않았고, nach keinem Sternenschein 별빛을 쳐다보지 않았다, ich 나는, nach ihrem Bilde 그녀의 모습을, schaute 바라보았다, allein 오직, nach ihren Augen 그녀의 눈만 (바라보았다).

[단어]
sehen - sah - gesehen, du siehst, er sieht, 보다; der Mond -(e)s, -e, 달; der Sternenschein -(e)s, -e, 별빛; das Bild -(e)s, -er, 모습; das Auge -s, -n, 눈; allein 오직

[문법/해설]
Mond와 Bild 다음의 e는 남성명사와 중성명사의 단수 3격에 e를 붙이던 옛날 문법의 형태이다. Bilde는 시냇물 수면에 비친 그녀의 모습을 가리킨다. 물론 그녀의 눈도 수면에 비친 것이다.

Und sahe sie nicken und blicken
Herauf aus dem seligen Bach,
Die Blümlein am Ufer, die blauen,
Sie nickten und blickten ihr nach.

그리고 그녀가 고개를 끄덕이고
행복한 시내에서 이쪽으로 위를 바라보는 것을 (나는) 보았다,
시냇가의 꽃들, 그 푸른 (꽃들),
그 꽃들도 그녀를 따라 고개를 끄덕였고 바라보았다.

[새김]
und 그리고, sie 그녀가, nicken und 고개를 끄덕이고, aus dem seligen Bach 행복한 시내에서, herauf 이쪽으로 위를, blicken 바라보는 것을, sahe (나는) 보았다, die Blümlein am Ufer 시냇가의 꽃들, die blauen 그 푸른 (꽃들), sie 그 꽃들도, ihr 그녀를, nach 따라, nickten und 고개를 끄덕였고, blickten 바라보았다.

[단어]
sehen - sah - gesehen, du siehst, er sieht, 보다; nicken 고개를 끄덕이다; blicken 바라보다; herauf 이쪽 위로; selig 행복한; der Bach -(e)s, Bäche,

152

시내; das Blümlein -s, -, 꽃 (Blume의 축소명사); das Ufer -s, -, 시냇가; blau 푸른; nach (3격지배 전치사) ~을 따라 (명사의 뒤에 올 수도 있음)

[문법/해설]
제1행의 주어는 앞 연의 ich이다. 시냇물 수면에 비친 그녀를 바라보는 내용이다. 수면에 비친 그녀는 고개를 끄덕이고 이쪽으로 위를 바라보았다. 그러자 꽃들도 그녀를 따라 고개를 끄덕이고 바라보았다. sahe는 동사 sehen의 과거형 sah에 시의 운율을 위해 무의미하게 e가 붙은 형태이다. sehen이 지각동사이므로 동사 nicken과 blicken이 원형으로 쓰인 것이다. 제3행의 blauen 다음에는 Blümlein이 생략되었다. 제4행의 sie는 die Blümlein을 가리키는 인칭대명사이다.

Und in den Bach versunken
Der ganze Himmel schien,
Und wollte mich mit hinunter
In seine Tiefe ziehen.

그런데 온 하늘은 시내 속으로
가라앉은 것처럼 보였다,
그리고 나를 함께 아래로
그의 깊은 곳으로 끌어당기려 했다.

[새김]
und 그런데, der ganze Himmel 온 하늘은, in den Bach 시내 속으로, versunken 가라앉은, schien 것처럼 보였다, und 그리고, mich 나를, mit 함께, hinunter 아래로, in seine Tiefe 그의 깊은 곳으로, wollte...ziehen 끌어당기려 했다.

[단어]
der Bach -(e)s, Bäche, 시내; versinken - versank - versunken 가라앉다; ganz 완전한; der Himmel -s, -, 하늘; scheinen - schien - geschienen ~처럼 보이다; mit 함께; hinunter 아래쪽으로; die Tiefe -n, 깊이, 깊은 곳; ziehen - zog - gezogen 끌어당기다

[문법/해설]

전체 문장의 주어는 Himmel이다. 온 하늘이 시내 속으로 가라앉은 것처럼 보였고 나를 그 깊은 곳으로 끌어당기려 했다는 것은 죽음의 유혹을 의미한다.

> Und über den Wolken und Sternen
> Da rieselte munter der Bach,
> Und rief mit Singen und Klingen:
> Geselle, Geselle, mir nach!

그리고 구름과 별 위에,
그곳에는 시내가 즐겁게 졸졸 흘렀다,
그리고 (시내는) 노래와 울림으로 외쳤다:
방아꾼아, 방아꾼아, 나를 따라 (와라)!

[새김]
und 그리고, den Wolken und Sternen 구름과 별, über 위에, da 그곳에는, der Bach 시내가, munter 즐겁게, rieselte 졸졸 흘렀다, und 그리고, mit Singen und Klingen 노래와 울림으로, rief 외쳤다, Geselle Geselle 방아꾼아 방아꾼아, mir nach 나를 따라 (와라)!

[단어]
die Wolke -n, 구름; der Stern -(e)s, -e, 별; über 위에; rieseln 졸졸 흐르다; munter 즐거운, 경쾌한; rufen - rief - gerufen 외치다; das Singen -s, -, 노래하기; das Klingen -s, -, 소리 나기, 울림; der Geselle -n, -n, 기능사, 기능공 (여기서는 방아꾼 청년); nach (3격지배 전치사) ~을 따라 (명사의 뒤에 올 수도 있음)

[문법/해설]
즐겁게 졸졸 흐르는 시냇물 수면에 구름과 별이 비치는 장면이다. '나를 따라 오라'는 시내의 외침은 곧 죽음의 유혹으로서 앞으로 펼쳐질 이야기, 즉 주인공 청년의 운명을 암시한다. 제3행의 rief의 주어는 Bach이다.

> Da gingen die Augen mir über,
> Da ward es im Spiegel so kraus;
> Sie sprach: Es kommt ein Regen,

154

| Ade! ich geh nach Haus.

그때 내 눈에는 (눈물이) 넘쳤고,
그때 거울 속에는 그래서 파문이 생겼다;
그녀는 말했다: 비가 와요,
안녕! 나는 집으로 가요.

[새김]

da 그때, mir 내, die Augen 눈에는, gingen...über (눈물이) 넘쳤고, da 그때,
im Spiegel 거울 속에는, so kraus 그래서 주름이 (파문이), ward es 생겼다,
sie 그녀가, sprach 말했다, es ... ein Regen 비가, kommt 와요, ade 안녕,
ich 나는, nach Haus 집으로, geh 가요.

[단어]

übergehen - ging...über - übergegangen 넘치다; werden - wurde -
geworden, du wirst, er wird, 되다; kraus 주름진, 곱슬곱슬한; sprechen -
sprach - gesprochen, du sprichst, er spricht, 말하다; kommen - kam -
gekommen 오다; der Regen -s, -, 비; ade 안녕 (작별 인사); gehen - ging -
gegangen 가다; das Haus -es, Häuser, 집; nach Haus 집으로

[문법/해설]
제1행의 mir는 눈이 나의 눈임을 나타내는 소유의 의미를 갖는 3격이다. 제2행
의 ward는 werden의 과거 wurde의 고어 형태이다. es는 상황을 나타내는 주어
로 쓰인 비인칭대명사이다. 눈물이 비가 되어 시냇물에 떨어져 시냇물의 수면에
파문이 생긴 상황이다. 제3행의 es는 허사이며 주어는 ein Regen이다.

11. Mein! 나의 것!

Bächlein, lass dein Rauschen sein!
Räder, stellt eur Brausen ein!
All ihr muntern Waldvögelein,
Groß und Klein,
Endet eure Melodein!

시내야, 너의 졸졸 소리를 멈추어라!
물레바퀴들아, 너희들의 쏴쏴 소리를 멈추어라!
너희 모든 즐거운 산새들아,
어미 새도 새끼 새도,
너희들의 노래를 끝내라!

[새김]
Bächlein 시내야, dein Rauschen 너의 졸졸 소리를, lass...sein 멈추어라,
Räder 물레바퀴들아, eur Brausen 너희들의 쏴쏴 소리를, stellt...ein 멈추어라,
ihr 너희, all 모든, muntern Waldvögelein 즐거운 산새들아, Groß und Klein
어미 새도 새끼 새도, eure Melodein 너희들의 노래를, endet 끝내라!

[단어]
das Bächlein -s, -, 시내 (Bach의 축소명사); sein lassen - ließ...sein - sein
gelassen, du lässt...sein, er lässt...sein, 중지하다; das Rauschen -s, -, 물 소
리 (여기서는 시냇물이 졸졸 흐르는 소리, 동사 rauschen의 명사화); das Rad
-(e)s, Räder, 바퀴; einstellen 중지하다; das Brausen -s, -, 쏴쏴 소리;
munter 즐거운; das Waldvögelein -s, -, 산새 (Waldvogel의 축소명사); groß
큰; klein 작은; Groß und Klein 어른도 아이도, 모두; enden 마치다; die
Melodei -en, 곡조, 멜로디

[문법/해설]
lass는 lassen의 단수 2인칭(시내)에 대한 명령형이다. stellt는 stellen의 복수 2
인칭(물레바퀴들)에 대한 명령형이다. 제2행의 eur는 복수 2인칭 ihr의 소유대명
사 euer의 단축형이다. endet는 enden의 복수 2인칭(산새들)에 대한 명령형이
다. Melodein은 Melodeien의 단축형이다.

Durch den Hain aus und ein
Schalle heut ein Reim allein:
Die geliebte Müllerin ist mein!
Mein!

숲을 지나 (숲) 밖으로 안으로
오늘은 오직 하나의 각운만 울리리라:
그 사랑하는 물방앗간 아가씨는 나의 것!
나의 것!

[새김]
den Hain 숲을, durch 지나, aus und ein 밖으로 안으로, heut 오늘은, allein
오직, ein Reim 하나의 각운만, schalle 울리리라, die geliebte Müllerin 그
사랑하는 물방앗간 아가씨는, mein 나의 것, ist 이다, mein 나의 것!

[단어]
durch (4격지배 전치사) ~을 통과하여, ~을 지나; der Hain -(e)s, -e, 숲; aus
밖으로; ein 안으로; schallen 울리다, 소리 나다; heute 오늘; der Reim -(e)s,
-e, 운, 각운; allein 오직; geliebt 사랑하는; die Müllerin -nen, 물방앗간 아가
씨

[문법/해설]
heut는 heute의 단축형이다. '하나의 각운'은 이 시의 각 행 마지막 발음 [ain]
을 뜻한다. 즉 모든 시행의 끝 단어는 발음이 [ain]으로 끝난다. 이로써 궁극적
으로 강조되고 있는 것은 mein(나의 것)이다. mein은 ich의 소유대명사이다.
schalle는 동사 schallen의 접속법 1식 형태로서 소망을 나타낸다.

Frühling, sind das alle deine Blümelein?
Sonne, hast du keinen hellern Schein?
Ach! So muss ich ganz allein,
Mit dem seligen Worte mein,
Unverstanden in der weiten Schöpfung sein.

봄아, 이것이 너의 꽃 전부이냐?

태양아, 너는 더 밝은 빛을 갖고 있지 않느냐?
아! 그럼 나는 완전히 혼자,
나의 것이라는 그 행복한 말과 함께,
이 넓은 세상에서 이해 받지 못하고 있음에 틀림없구나.

[새김]
Frühling 봄아, das 이것이, deine Blümelein 너의 꽃, sind...alle 전부이냐,
Sonne 태양아, du 너는, hast ... keinen hellern Schein 더 밝은 빛을 갖고 있
지 않느냐, ach 아, so 그럼, ich 나는, ganz allein 완전히 혼자, mein 나의 것
이라는, mit dem seligen Worte 그 행복한 말과 함께, in der weiten
Schöpfung 이 넓은 세상에서, unverstanden 이해 받지 못하고, muss...sein 있
음에 틀림없구나.

[단어]
der Frühling -s, -e, 봄; das Blümelein -s, -, 꽃 (Blume의 축소명사); die
Sonne -n, 태양; hell 밝은; der Schein -(e)s, -e, 빛; ganz 완전히; allein 혼
자; selig 행복한; das Wort -(e)s, -e, 말; unverstanden 이해되지 않은; weit
넓은; die Schöpfung -en, 천지만물, 피조물

[문법/해설]
제2행의 hellern은 hell의 비교급 heller가 형용사 어미 변화한 helleren의 단축
형이다.

158

12. Pause 휴식

Meine Laute hab ich gehängt an die Wand,
Hab sie umschlungen mit einem grünen Band -
Ich kann nicht mehr singen, mein Herz ist zu voll,
Weiß nicht, wie ich's in Reime zwingen soll.

내 라우테를 나는 벽에 걸었다,
(나는) 그것을 녹색 리본으로 감았다 -
나는 더 이상 노래할 수 없다, 내 가슴은 너무 복받친다,
모르겠다, 내가 어떻게 그것을 운율에 맞추어야 할지.

[새김]

meine Laute 내 라우테를, ich 나는, an die Wand 벽에, hab...gehängt 걸었다, sie 그것을, mit einem grünen Band 녹색 리본으로, umschlungen 감았다, ich 나는, kann nicht mehr singen 더 이상 노래할 수 없다, mein Herz 내 가슴은, ist zu voll 너무 복받친다, weiß nicht 모르겠다, ich 내가, wie 어떻게, 's 그것을, in Reime zwingen soll 운율에 맞추어야 할지.

[단어]

die Laute -n, 만돌린과 비슷한 모양의 옛날 현악기; hängen 걸다; die Wand, Wände, 벽; umschlingen - umschlang - umschlungen 휘감다; grün 녹색의; das Band -(e)s, Bänder, 끈; singen - sang - gesungen 노래하다; das Herz -ens, -en, 가슴; zu 너무; voll 가득찬; wissen - wusste - gewusst, ich weiß, du weißt, er weiß, 알다; der Reim -(e)s, -e, 운율, 각운; zwingen - zwang - gezwungen ~하게 하다

[문법/해설]

hab은 habe의 단축형이다. 제1행의 바른 어순은 Meine Laute hab ich an die Wand gehängt이며, 어순을 바꾼 이유는 Wand와 Band의 운을 맞추기 위해서이다. 제2행의 주어는 앞 문장의 ich이다. 바른 어순은 hab sie mit einem grünen Band umschlungen이며 어순을 바꾼 이유는 Band와 Wand의 운을 맞추기 위해서이다. 제4행의 ich's는 ich es의 단축형이다. es는 복받치는 가슴으로 더 이상 부를 수 없는 노래를 가리킨다.

> Meiner Sehnsucht allerheißesten Schmerz
> Durft ich aushauchen in Liederscherz,
> Und wie ich klagte so süß und fein,
> Glaubt ich doch, mein Leiden wär nicht klein.

내 그리움의 가장 뜨거운 고통을
나는 익살스런 노래로 발산할 수 있었다,
그리고 내가 아주 감미롭고 미세하게 한탄했을 때,
나는 진정 생각했다, 내 괴로움이 작지 않다고.

[새김]

meiner Sehnsucht 내 그리움의, allerheißesten Schmerz 가장 뜨거운 고통을, ich 나는, in Liederscherz 익살스런 노래로, durft...aushauchen 발산해도 괜찮았다 (발산할 수 있었다), und 그리고, ich 내가, so süß und 아주 감미롭고, fein 미세하게, wie...klagte 한탄했을 때, ich 나는, doch 진정, glaubt 생각했다, mein Leiden 내 괴로움이, wär nicht klein 작지 않다고.

[단어]

die Sehnsucht, ...süchte, 그리움; heiß 뜨거운; der Schmerz -es, -en, 고통; dürfen - durfte - gedurft (화법조동사) ~을 해도 괜찮다; aushauchen 내뿜다, 내쉬다, 발산하다; der Liederscherz -es, -e, 노래 익살; klagen 한탄하다; süß 감미로운; fein 미세한; glauben 생각하다, 믿다; doch (강조) 정말로; das Leiden -s, -, 괴로움; klein 작은

[문법/해설]

제1행의 meiner Sehnsucht는 2격으로서 Schmerz를 수식한다. 독일어의 2격은 수식하는 명사의 뒤에 오는 것이 보통인데 이렇게 앞에서 명사를 수식할 때도 있다. 이해하기 쉬운 어순으로 고치면 den allerheißesten Schmerz meiner Sehnsucht이다. 2격이 수식하고 있는 명사의 앞에 위치할 때는 그 명사에 관사를 붙이지 않는다. allerheißest는 heiß의 최상급 heißest에 대한 강조형이다. aller는 최상급 앞에 붙여서 최상급을 강조한다. durft는 화법조동사 dürfen의 과거형 durfte에서 e가 생략된 형태이다. 동사 aushauchen의 목적어는 앞 구절의 "내 그리움의 가장 뜨거운 고통"이다. 그 고통을 익살스런 노래에 실어 발산할 수는 있었다는 의미이다. wie는 als의 의미로 쓰였다. glaubt는 glauben의 과거 glaubte의 단축형이다. wär는 wäre의 단축형으로 sein 동사의 접속법 2식

형태이다.

> Ei, wie groß ist wohl meines Glückes Last,
> Dass kein Klang auf Erden es in sich fasst?
> Nun, liebe Laute, ruh an dem Nagel hier!
> Und weht ein Lüftchen über die Saiten dir,
> Und streift eine Biene mit ihren Flügeln dich,
> Da wird mir so bange und es durchschauert mich.

아, 세상의 어떤 소리도 그것을 표현하지 못하는
내 행복의 부담은 정말 얼마나 큰가?
자, 사랑하는 라우테야, 여기 못에서 쉬어라!
그리고 바람 한 점이 너의 현을 지나 불 때,
그리고 벌 한 마리가 날개로 너를 스칠 때,
그때 나는 아주 불안해지고 나는 전율한다.

[새김]
ei 아, auf Erden 세상의, kein Klang 어떤 소리도, es 그것을, in sich fasst 담지 못하는 (표현하지 못하는), meines Glückes 내 행복의, Last 부담은, wohl 정말, wie groß ist 얼마나 큰가, nun 자, liebe Laute 사랑하는 라우테 야, hier 여기, an dem Nagel 못에서, ruh 쉬어라, und 그리고, ein Lüftchen 바람 한 점이, dir 너의, über die Saiten 현을 지나, weht 불 때, und 그리고, eine Biene 벌 한 마리가, mit ihren Flügeln 자신의 날개로, dich 너를, streift 스칠 때, da 그때, mir 나는, wird ... so bange und 아주 불안해지고, mich 나는, es durchschauert 전율한다.

[단어]
ei (감탄사) 아; groß 큰; wohl (강조) 참으로; das Glück -(e)s, -e, 행복; die Last -en, 부담; der Klang -(e)s, Klänge, 소리, 울림; die Erde -n, 대지, 세상; fassen 붙잡다, 수용하다; nun 이제; die Laute -n, 만돌린과 비슷한 모양의 옛날 현악기; ruhen 쉬다; der Nagel -s, Nägel, 못; hier 여기; wehen (바람이) 불다; das Lüftchen -s, -, 미풍 (Luft의 축소명사); die Saite -n, (현악기의) 현; streifen 가볍게 스치다; die Biene -n, 벌; der Flügel -s, -, 날개; bange 걱정스러운, 불안한; durchschauern 전율하게 하다

제1행의 meines Glückes는 Last를 수식하는 2격이다. 독일어의 2격은 수식하는 명사의 뒤에 오는 것이 보통인데 이렇게 앞에서 명사를 수식할 때도 있다. 이해하기 쉬운 어순으로 고치면 die Last meines Glückes이다. 2격이 수식하고 있는 명사의 앞에 위치할 때는 그 명사에 관사를 붙이지 않는다. 제2행의 dass 이하는 Last를 수식하는 부문장이다. 즉 세상의 어떤 소리도 표현하지 못하는 것은 내 행복이 아니라 내 행복의 '부담'이다. 그러므로 제2행의 es는 Last를 가리킨다. 제3행의 ruh는 동사 ruhen의 단수 2인칭에 대한 명령형이다. 제4행과 5행의 und 다음에는 wenn이 생략되었다. wenn이 생략되면 그 자리로 동사가 온다. 제4행의 dir는 Saiten에 대한 소유의 의미를 갖는 3격이다. 마지막 행의 es는 비인칭 주어이다.

> Warum ließ ich das Band auch hängen so lang?
> Oft fliegt's um die Saiten mit seufzendem Klang.
> Ist es der Nachklang meiner Liebespein?
> Soll es das Vorspiel neuer Lieder sein?

왜 나는 그 리본도 그렇게 오랫동안 걸어 두었을까?
종종 그것은 탄식하는 소리를 내며 현들의 주위로 날아간다.
그 소리는 내 사랑의 고통의 메아리일까?
그 소리는 새 노래의 전주곡일까?

[새김]

warum 왜, ich 나는, das Band auch 그 리본도, so lang 그렇게 오랫동안, ließ...hängen 걸어 두었을까, oft 종종, 's 그것(리본)은, mit seufzendem Klang 탄식하는 소리를 내며, um die Saiten 현들의 주위로, fliegt 날아간다, es 그것(그 소리)은, meiner Liebespein 내 사랑의 고통의, ist ... der Nachklang 메아리일까, es 그것(그 소리)은, neuer Lieder 새 노래의, das Vorspiel 전주곡, soll...sein 일까?

[단어]

hängen lassen - ließ...hängen - hängen gelassen, du lässt...hängen, er lässt...hängen, 걸어 두다; oft 종종; fliegen - flog - geflogen 날다; die Saite -n, (현악기의) 현; seufzen 탄식하다; der Klang -(e)s, Klänge, 소리,

162

울림; der Nachklang -(e)s, ...klänge, 메아리, 여운; die Liebespein -en, 사랑의 고통; das Vorspiel -(e)s, -e, 전주곡; neu 새로운; das Lied -(e)s, -er, 노래

[문법/해설]
fliegt's는 fliegt es의 단축형이며 es는 앞의 Band(리본)를 가리킨다. 그 리본이 바람에 날려 소리를 내며 악기의 현 주위에서 나부끼는 모습을 묘사하고 있다. 제3행과 4행의 es는 앞 구절에서 묘사된 리본의 소리를 가리킨다.

13. Mit dem grünen Lautenbande
녹색 라우테 리본과 함께

"Schad um das schöne grüne Band,
Dass es verbleicht hier an der Wand,
Ich hab das Grün so gern!"
So sprachst du, Liebchen, heut zu mir;
Gleich knüpf ich's ab und send es dir:
Nun hab das Grüne gern!

"그 아름다운 녹색 리본은 안됐다,
그것이 여기 벽에서 색깔이 바래다니,
나는 녹색을 정말 좋아하는데!"
그렇게 그대는, 연인이여, 오늘 나에게 말했다;
곧 내가 그것을 풀어서 그것을 그대에게 보내겠다:
이제 그 녹색 리본을 좋아하여라!

[새김]

um das schöne grüne Band 그 아름다운 녹색 리본은, schad 안됐다, es 그것
이, hier 여기, an der Wand 벽에서, dass...verbleicht 색깔이 바래다니, ich
나는, das Grün 녹색을, so 정말, hab...gern 좋아하는데, so 그렇게, du 그대
는, Liebchen 연인이여, heut 오늘, zu mir 나에게, sprachst 말했다, gleich
곧, ich 내가, 's 그것을, knüpf...ab und 풀어서, es 그것을, dir 그대에게,
send 보내겠다, nun 이제, das Grüne 그 녹색의 것을 (그 녹색 리본을),
hab...gern 좋아하여라.

[단어]

schade (um) ~이 유감이다; schön 아름다운; grün 녹색의; das Band -(e)s,
Bänder, 리본, 끈; verbleichen 색이 바래다; die Wand, Wände, 벽; das
Grün -s, -, 녹색; gern haben ~을 좋아하다; sprechen - sprach -
gesprochen, du sprichst, er spricht, 말하다; das Liebchen -s, -, 연인; heute
오늘; gleich 곧; abknüpfen 매듭을 풀다; senden 보내다

[문법/해설]

제1행의 schad는 schade의 단축형이다. 제2행의 es는 앞 구절의 리본이다. hab은 habe의 단축형이다. heut는 heute의 단축형이다. knüpf와 send는 각각 knüpfe와 sende의 단축형이다. 제5행의 ich's는 ich es의 단축형이다. es는 리본을 가리킨다. 마지막 행의 hab은 haben의 단수 2인칭에 대한 명령형이다. das Grüne는 형용사 grün을 중성 명사화한 것으로 녹색 리본을 가리킨다.

> Ist auch dein ganzer Liebster weiß,
> Soll Grün doch haben seinen Preis,
> Und ich auch hab es gern.
> Weil unsre Lieb ist immergrün,
> Weil grün der Hoffnung Fernen blühn,
> Drum haben wir es gern.

그대의 연인이 완전히 흰옷을 입었을지라도,
녹색은 정말 그 나름의 칭송을 받아야 한다,
그리고 나도 그것을 좋아한다.
우리의 사랑은 항상 녹색이니까,
희망의 장래는 녹색으로 꽃피는 것이니까,
그래서 우리는 녹색을 좋아한다.

[새김]

dein ganzer Liebster 그대의 연인이 완전히, ist auch ... weiß 흰옷을 입었을지라도, Grün 녹색은, doch 정말, seinen Preis 그 나름의 칭송을, soll...haben 받아야 한다, und 그리고, ich auch 나도, es 그것을, hab...gern 좋아한다, unsre Lieb 우리의 사랑은, immergrün 항상 녹색, weil...ist 이니까, der Hoffnung 희망의, Fernen 먼 곳은 (장래는), grün 녹색으로, weil...blühn 꽃피는 것이니까, drum 그래서, wir 우리는, es 그것을 (녹색을), haben...gern 좋아한다.

[단어]

ganz 완전한; Liebster 연인 (형용사 lieb의 최상급 liebst의 남성 명사화); weiß 하얀; das Grün -s, -, 녹색; doch (강조) 정말; der Preis -es, -e, 칭송; gern haben ~을 좋아하다; die Liebe -n, 사랑; immergrün 항상 녹색의; die

Hoffnung -en, 희망; die Ferne -n, 먼 곳; blühen 꽃피다; drum = darum 그래서, 그러므로

[문법/해설]
제1행은 wenn이 생략되고 정동사가 문두에 나온 구문이다. wenn을 보충하여 다시 쓰면 wenn auch dein ganzer Liebster weiß ist이다. wenn auch는 양보의 뜻이다. 다음 문장과 연결하여 바른 어순으로 고치면 Wenn auch dein ganzer Liebster weiß ist, soll Grün doch seinen Preis haben이다. 어순을 바꾼 이유는 Preis와 weiß의 각운을 맞추기 위해서이다. hab은 habe의 단축형이다. 제3행과 6행의 es는 녹색을 가리킨다. Lieb은 Liebe의 단축형이다. 제5행의 der Hoffnung은 Fernen을 수식하는 2격이다. 독일어의 2격은 수식하는 명사의 뒤에 오는 것이 보통인데 이렇게 앞에서 명사를 수식할 때도 있다. 이해하기 쉬운 어순으로 고치면 die Fernen der Hoffnung이다. 2격이 수식하고 있는 명사의 앞에 위치할 때는 그 명사에 관사를 붙이지 않는다.

Nun schlinge in die Locken dein
Das grüne Band gefällig ein,
Du hast ja 's Grün so gern.
Dann weiß ich, wo die Hoffnung wohnt,
Dann weiß ich, wo die Liebe thront,
Dann hab ich 's Grün erst gern.

자 그대의 곱슬머리에
그 녹색 리본을 예쁘게 매라,
그대는 정말 녹색을 아주 좋아하지.
그럼 나는 희망이 있는 곳을 알고,
그럼 나는 사랑이 으뜸인 곳을 안다,
그럼 나는 녹색을 제일 좋아한다.

[새김]
nun 자, dein 그대의, in die Locken 곱슬머리에, das grüne Band 그 녹색 리본을, gefällig 마음에 들게 (예쁘게), schlinge...ein 매라, du 그대는, 's Grün 녹색을, ja 정말, hast ... so gern 아주 좋아하지, dann 그럼, ich 나는, die Hoffnung 희망이, wo...wohnt 있는 곳을, weiß 알고, dann 그럼, ich 나

는, die Liebe 사랑이, wo...thront 으뜸인 곳을, weiß 안다, dann 그럼, ich 나는, 's Grün 녹색을, erst 제일, hab...gern 좋아한다.

[단어]
einschlingen - schlang...ein - eingeschlungen 매다; die Locke -n, 곱슬머리; grün 녹색의; das Band -(e)s, Bänder, 리본; gefällig 마음에 드는; gern haben ~을 좋아하다; wohnen 거주하다; thronen 왕좌에 앉아 있다; erst 첫째로

[문법/해설]
제1행의 in die Locken dein은 in deine Locken의 뜻으로서 각운을 맞추기 위한 변형이다. schlinge는 단수 2인칭에 대한 명령형이다. 제3행과 6행의 's Grün은 das Grün의 단축형이다. hab은 habe의 단축형이다. 제4~6행은 제1~2행의 명령문에 이어지는 문장이다. '녹색 리본을 예쁘게 매라, 그러면 나에게는 희망이 있고 사랑이 있네, 녹색이 제일 좋구나...'

14. Der Jäger 사냥꾼

Was sucht denn der Jäger am Mühlbach hier?
Bleib, trotziger Jäger, in deinem Revier!
Hier gibt es kein Wild zu jagen für dich,
Hier wohnt nur ein Rehlein, ein zahmes, für mich.

도대체 사냥꾼이 여기 물레방아 시내에서 무엇을 찾는가?
고집 센 사냥꾼아, 너의 구역에 있어라!
여기에는 네가 사냥할 야생동물이 없다,
여기에는 온순한 노루 한 마리만 나를 위해 살고 있다.

[새김]

denn 도대체, der Jäger 사냥꾼이, hier 여기, am Mühlbach 물레방아 시내에서, was 무엇을, sucht 찾는가, trotziger Jäger 고집 센 사냥꾼아, in deinem Revier 너의 구역에, bleib 있어라, hier 여기에는, für dich 네가, zu jagen 사냥할, gibt es kein Wild 야생동물이 없다, hier 여기에는, ein zahmes 온순한, nur ein Rehlein 노루 한 마리만, für mich 나를 위해, wohnt 살고 있다.

[단어]

suchen 찾다; denn (의문의 강조) 도대체; der Jäger -s, -, 사냥꾼; der Mühlbach -(e)s, ...bäche, 물레방아를 돌리는 시내; hier 여기에; bleiben - blieb - geblieben 머물다; trotzig 고집 센; das Revier -s, -e, 구역; es gibt (4격과 함께) ~이 있다, 존재하다; das Wild -(e)s, 야생동물; jagen 사냥하다; wohnen 살다, 거주하다; das Rehlein -s, -, 노루 (Reh의 축소명사); zahm 온순한

[문법/해설]

제2행의 bleib는 단수 2인칭에 대한 명령형이다. 제3행의 zu jagen은 Wild를 수식하는 zu 부정사이다. 제4행의 ein zahmes 다음에는 Rehlein이 생략되었다.

Und willst du das zärtliche Rehlein sehn,
So lass deine Büchsen im Walde stehn,

168

> Und lass deine klaffenden Hunde zu Haus,
> Und lass auf dem Horne den Saus und Braus,
> Und schere vom Kinne das struppige Haar,
> Sonst scheut sich im Garten das Rehlein fürwahr.

그리고 네가 그 연약한 노루를 보고 싶다면,
그러면 너의 엽총을 숲속에 세워 두어라,
그리고 너의 짖는 개들을 집에 두어라,
그리고 각적의 요란스런 소리를 멈추어라,
그리고 턱의 더부룩한 수염을 깎아라,
그렇지 않으면 정원에 있는 그 노루는 정말로 두려워한다.

[새김]
und 그리고, du 네가, das zärtliche Rehlein 그 연약한 노루를, willst...sehn 보고 싶다면, so 그러면, deine Büchsen 너의 엽총을, im Walde 숲속에, lass...stehn 세워 두어라, und 그리고, deine klaffenden Hunde 너의 짖는 개들을, zu Haus 집에, lass 두어라, und 그리고, auf dem Horne 각적의, den Saus und Braus 요란스런 소리를, lass 멈추어라, und 그리고, vom Kinne 턱의, das struppige Haar 더부룩한 수염을, schere 깎아라, sonst 그렇지 않으면, im Garten 정원에 있는, das Rehlein 그 노루는, fürwahr 정말로, scheut sich 두려워한다.

[단어]
zärtlich 연약한; sehen - sah - gesehen, du siehst, er sieht, 보다; die Büchse -n, 엽총; der Wald -(e)s, Wälder, 숲; stehen lassen - ließ...stehen - stehen gelassen, du lässt...stehen, er lässt...stehen, 세워 두다; lassen - ließ - gelassen, du lässt, er lässt, 두다, 그만두다, 중지하다; klaffen 짖다; der Hund -(e)s, -e, 개; zu Haus 집에; das Horn -(e)s, Hörner, 각적; der Saus -es, 야단법석; der Braus -es, 야단법석; scheren 털을 깎다; das Kinn -(e)s, -e, 턱; struppig 더부룩한; das Haar -(e)s, -e, 털; sonst 그렇지 않으면; sich scheuen 두려워하다; der Garten -s, Gärten, 정원; fürwahr 정말로

[문법/해설]
제1행은 wenn이 생략되고 정동사가 wenn의 위치로 이동한 문장이다. 본래의

문장으로 고쳐서 다시 쓰면 und wenn du das zärtliche Rehlein sehn willst 이다. sehn은 sehen의 단축형이다. stehn은 stehen의 단축형이다. lass는 lassen 의 단수 2인칭에 대한 명령형이다. klaffenden은 동사 klaffen의 현재분사가 형용사로 쓰여 어미변화를 한 것이다. 제4행은 사냥할 때 부는 피리 소리를 멈추라는 뜻이다. 제5행의 schere는 scheren의 단수 2인칭에 대한 명령형이다.

> Doch besser, du bliebest im Walde dazu,
> Und ließest die Mühlen und Müller in Ruh.
> Was taugen die Fischlein im grünen Gezweig?
> Was will denn das Eichhorn im bläulichen Teich?

정말 더 좋을 것이다, 게다가 네가 숲속에 머무른다면,
그리고 물레방아와 방아꾼을 조용히 둔다면.
그 물고기들이 녹색의 나뭇가지에서 무슨 소용이 있겠느냐?
도대체 다람쥐가 푸르스름한 연못에서 무엇을 원하겠느냐?

[새김]
doch 정말, besser 더 좋을 것이다, dazu 게다가, du 네가, im Walde 숲속에, bliebest 머무른다면, und 그리고, die Mühlen und Müller 물레방아와 방아꾼을, in Ruh 조용히, ließest 둔다면, die Fischlein 그 물고기들이, im grünen Gezweig 녹색의 나뭇가지에서, was taugen 무슨 소용이 있겠느냐? denn 도대체, das Eichhorn 다람쥐가, im bläulichen Teich 푸르스름한 연못에서, was will 무엇을 원하겠느냐?

[단어]
doch (강조) 정말; gut (besser, best) 좋은; bleiben - blieb - geblieben 머무르다; der Wald -(e)s, Wälder, 숲; dazu 게다가; lassen - ließ - gelassen, du lässt, er lässt, 두다; die Mühle -n, 물레방아; der Müller -s, -, 방아꾼; die Ruhe 평온; taugen 쓸모있다; das Fischlein -s, -, 물고기 (Fisch의 축소명사); grün 녹색의; das Gezweig -(e)s, (집합적으로) 나뭇가지; das Eichhorn -(e)s, ...hörner, 다람쥐; bläulich 푸르스름한; der Teich -(e)s, -e, 연못

[문법/해설]
doch besser는 접속법 2식 doch wäre es besser의 단축형이다. 즉 '~하면 더

좋을 것이다'라는 의미이다. 그러므로 doch besser 이하 문장 역시 접속법 2식 이며 wenn이 생략된 형태이다. 완전한 문장으로 다시 쓰면 Doch wäre es besser, wenn du im Walde dazu bliebest이다. bliebest는 과거가 아니고 접속법 2식 형태이다. dazu는 앞에서 말한 여러 가지, 즉 엽총을 숲속에 두고, 개들을 집에 두고, 각적을 멈추고, 수염을 깎고 등등 이외에 '덧붙여, 게다가'의 뜻이다. 제2행도 앞 문장에서 이어지는 접속법 2식이다. 완전한 문장으로 이어서 다시 쓰면 Doch wäre es besser, wenn du die Mühlen und Müller in Ruhe ließest이다. 제4행의 will은 화법조동사 wollen의 3인칭 단수 형태이며 독립 동사로 쓰일 때 '원하다'의 뜻이다.

Drum bleibe, du trotziger Jäger, im Hain,
Und lass mich mit meinen drei Rädern allein;
Und willst meinem Schätzchen dich machen beliebt,
So wisse, mein Freund, was ihr Herzchen betrübt:
Die Eber, die kommen zu Nacht aus dem Hain,
Und brechen in ihren Kohlgarten ein,
Und treten und wühlen herum in dem Feld:
Die Eber, die schieße, du Jägerheld!

그러니까, 너 고집 센 사냥꾼아, 숲속에 있어라,
그리고 나를 오직 내 세 개의 물레바퀴와 함께 그냥 놔두어라;
그리고 내 연인에게 호감을 얻고 싶다면,
그러면 내 친구야 무엇이 그녀의 마음을 슬프게 하는지 알아라:
멧돼지들, 그것들은 밤에 숲에서 나오고,
그리고 그녀의 배추밭에 들어오고,
그리고 밟고 밭에서 빙빙 돌며 파 뒤집는다:
그 멧돼지들, 그것들을 쏘아라, 너 용감한 사냥꾼아!

[새김]
drum 그러니까, du 너, trotziger Jäger 고집 센 사냥꾼아, im Hain 숲속에, bleibe 있어라, und 그리고, mich 나를, allein 오직, mit meinen drei Rädern 내 세 개의 물레바퀴와 함께, lass 그냥 놔두어라, und 그리고, meinem Schätzchen 내 연인에게, dich machen beliebt 호감을 얻고, willst

171

싶다면, so 그러면, mein Freund 내 친구야, was 무엇이, ihr Herzchen 그녀의 마음을, betrübt 슬프게 하는지, wisse 알아라, die Eber 멧돼지들, die 그것들은, zu Nacht 밤에, aus dem Hain 숲에서, kommen 나오고, und 그리고, in ihren Kohlgarten 그녀의 배추밭에, brechen...ein 들어오고, und 그리고, treten und 밟고, in dem Feld 밭에서, herum 빙빙 돌며, wühlen 파 뒤집는다, die Eber 그 멧돼지들, die 그것들을, schieße 쏘아라, du Jägerheld 너 용감한 사냥꾼아!

[단어]

drum = darum 그러므로; trotzig 고집 센; der Hain -(e)s, -e, 숲; lassen - ließ - gelassen, du lässt, er lässt, 두다; das Rad -(e)s, Räder, 바퀴, 물레 바퀴; allein 오직, ~만; das Schätzchen -s, -, 소중한 것, 연인 (Schatz의 축소명사); sich beliebt machen 호감을 얻다; wissen - wusste - gewusst, ich weiß, du weißt, er weiß, 알다; der Freund -(e)s, -e, 친구; das Herzchen -s, -, 마음 (Herz의 축소명사); betrüben 슬프게 하다; der Eber -s, -, 수퇘지 (여기서는 멧돼지); kommen - kam - gekommen 오다; die Nacht, Nächte, 밤; einbrechen - brach...ein - eingebrochen, du brichst...ein, er bricht...ein, 침입하다; der Kohlgarten -s, ...gärten, 배추밭; treten - trat - getreten, du trittst, er tritt, 밟다, 디디다; wühlen 파 뒤집다; herum (주위를 빙빙) 돌아서; das Feld -(e)s, -er, 밭, 들; schießen - schoss - geschossen 쏘다; der Jägerheld -en, -en, 용감한 사냥꾼

[문법/해설]

제1행의 bleibe는 bleiben의 단수 2인칭에 대한 명령형이다. 제2행의 lass는 lassen의 단수 2인칭에 대한 명령형이다. 제3행은 wenn이 생략되고 정동사가 wenn의 위치로 나온 문장이다. 주어 du도 생략되었고 운율을 위해 어순도 바뀌었다. 이해하기 쉬운 어순으로 고치면 und wenn du dich meinem Schätzchen beliebt machen willst이다. 제4행의 wisse는 wissen의 단수 2인칭에 대한 명령형이다. 제5행 die kommen의 die는 die Eber를 가리키는 지시대명사이다. 제6행과 7행의 주어는 앞 문장의 멧돼지들이다. 마지막 행의 die schieße의 die는 die Eber를 가리키는 지시대명사이고, schieße는 schießen의 단수 2인칭에 대한 명령형이다.

172

15. Eifersucht und Stolz 질투와 자존심

> Wohin so schnell, so kraus und wild, mein lieber Bach?
> Eilst du voll Zorn dem frechen Bruder Jäger nach?
> Kehr um, kehr um, und schilt erst deine Müllerin
> Für ihren leichten, losen, kleinen Flattersinn.

어디로 (가느냐) 그렇게 빨리, 그렇게 출렁이며 격렬하게, 내 사랑하는 시내야?
너 분노에 가득 차서 그 뻔뻔한 녀석 사냥꾼을 뒤따라가느냐?
돌아와라, 돌아와라, 그리고 먼저 너의 물레방앗간 아가씨를 꾸짖어라
그녀의 가볍고, 경솔하고, 천한 변덕스러운 마음을 (꾸짖어라).

[새김]
wohin 어디로 (가느냐), so 그렇게, schnell 빨리, so 그렇게, kraus und 출렁이며, wild 격렬하게, mein lieber Bach 내 사랑하는 시내야, du 너, voll Zorn 분노에 가득 차서, dem frechen Bruder 그 뻔뻔한 녀석, Jäger 사냥꾼을, eilst...nach 뒤따라가느냐, kehr um 돌아와라, kehr um 돌아와라, und 그리고, erst 먼저, deine Müllerin 너의 물레방앗간 아가씨를, schilt 꾸짖어라, für ihren 그녀의, leichten 가볍고, losen 경솔하고, kleinen 천한, Flattersinn 변덕스러운 마음을 (꾸짖어라).

[단어]
die Eifersucht 질투; der Stolz -es, 자존심; wohin 어디로; so 그렇게; schnell 빨리; kraus 주름진 (여기서는 물결이 출렁이는 모습을 표현한 형용사); wild 격렬한; lieb 사랑하는; der Bach -(e)s, Bäche, 시내; nacheilen (3격) ~를 급히 뒤따르다; voll 가득 찬; der Zorn -(e)s, 분노; frech 뻔뻔한; der Bruder -s, Brüder, (부정적으로) 녀석, 놈; der Jäger -s, -, 사냥꾼; umkehren 방향을 돌리다; schelten - schalt - gescholten, du schiltst, er schilt, 꾸짖다; erst 먼저; die Müllerin -nen, 물레방앗간 아가씨; leicht 가벼운; lose 경솔한; klein 작은, 하찮은; der Flattersinn -(e)s, -e, 변덕

[문법/해설]
제1행은 동사가 생략된 문장이다. 제2행의 Bruder와 Jäger는 동격이다. 제3행의 kehr um과 schilt는 각각 umkehren과 schelten의 단수 2인칭에 대한 명령형이

다.

> Sahst du sie gestern Abend nicht am Tore stehn,
> Mit langem Halse nach der großen Straße sehn?
> Wenn von dem Fang der Jäger lustig zieht nach Haus,
> Da steckt kein sittsam Kind den Kopf zum Fenster 'naus.

너 어제 저녁에 그녀가 문에 서 있는 것을 보지 않았느냐?
(그녀가) 목을 길게 빼고 큰 길 쪽을 보는 것을 (보지 않았느냐)?
사냥꾼이 사냥을 마치고 즐겁게 집으로 갈 때,
그때 얌전한 아이는 머리를 창문 밖으로 내밀지 않는다.

[새김]

du 너, gestern Abend 어제 저녁에, sie 그녀가, am Tore 문에, stehn 서 있는 것을, sahst...nicht 보지 않았느냐, mit langem Halse (그녀가) 목을 길게 빼고, nach der großen Straße 큰 길 쪽을, sehn 보는 것을 (보지 않았느냐), der Jäger 사냥꾼이, von dem Fang 사냥을 마치고, lustig 즐겁게, nach Haus 집으로, wenn...zieht 갈 때, da 그때, sittsam Kind 얌전한 아이는, den Kopf 머리를, zum Fenster 'naus 창문 밖으로, steckt...kein 내밀지 않는다.

[단어]

sehen - sah - gesehen, du siehst, er sieht, 보다; gestern 어제; der Abend -s, -e, 저녁; das Tor -(e)s, -e, 문; stehen - stand - gestanden 서 있다; lang 긴; der Hals -es, Hälse, 목; groß 큰; die Straße -n, 길; der Fang -(e)s, Fänge, 포획; lustig 즐겁게; ziehen - zog - gezogen 이동하다; nach Haus 집으로; stecken 밀어 넣다; sittsam 얌전한; das Kind -(e)s, -er, 어린이; der Kopf -(e)s, Köpfe, 머리; das Fenster -s, -, 창문; 'naus = hinaus 밖으로

[문법/해설]

제1행의 sahst가 지각동사이므로 동사 원형 steh(e)n, seh(e)n이 쓰였다. Tore는 Tor에 e가 붙은 것이다. 남성명사와 중성명사의 단수 3격에 e를 붙이던 옛날 문법의 형태이다. 제3행을 바른 어순으로 고치면 wenn der Jäger von dem Fang lustig nach Haus zieht이다. 각운을 맞추기 위해서 어순을 바꾼 것이다.

174

제4행의 sittsam은 형용사 변화 어미 es가 생략된 형태이다. '사냥꾼이 사냥을 마치고 집으로 갈 때 얌전한 아이는 머리를 창문 밖으로 내밀지 않는다'는 말은 물레방앗간 아가씨의 그러한 행동을 정숙하지 못하다고 생각하는 방아꾼 청년의 실망의 표현이다.

Geh, Bächlein, hin und sag ihr das, doch sag ihr nicht,
Hörst du, kein Wort, von meinem traurigen Gesicht;
Sag ihr: Er schnitzt bei mir sich eine Pfeif aus Rohr,
Und bläst den Kindern schöne Tänz und Lieder vor.

가거라, 시내야, 그리고 그녀에게 그것을 말해라, 그러나, 그녀에게 말하지 말아라,
너 듣고 있느냐, 한 마디도 말하지 말아라, 내 슬픈 얼굴에 대해서;
그녀에게 말해라: 그가 나에게서 갈대로 피리를 깎아 만들어서,
아이들에게 아름다운 춤곡과 노래를 불어서 들려준다.

[새김]
geh...hin 가거라, Bächlein 시내야, und 그리고, ihr 그녀에게, das 그것을, sag 말해라, doch 그러나, ihr 그녀에게, sag...nicht 말하지 말아라, du 너, hörst 듣고 있느냐, kein Wort 한 마디도 말하지 말아라, von meinem traurigen Gesicht 내 슬픈 얼굴에 대해서, ihr 그녀에게, sag 말해라, er 그가 (방아꾼 청년이), bei mir 나에게서 (시냇가에서), aus Rohr 갈대로, eine Pfeif 피리를, schnitzt...sich und 깎아 만들어서, den Kindern 아이들에게, schöne Tänz und 아름다운 춤곡과, Lieder 노래를, bläst...vor 불어서 들려준다.

[단어]
hingehen - ging...hin - hingegangen 가다; das Bächlein -s, -, 시내 (Bach 의 축소명사); sagen 말하다; doch 그러나; hören 듣다; das Wort -(e)s, -e, 말; traurig 슬픈; das Gesicht -(e)s, -er, 얼굴; schnitzen 자르다, 깎다; die Pfeife -n, 피리; das Rohr -(e)s, -e, 갈대; vorblasen - blies...vor - vorgeblasen, du bläst...vor, er bläst...vor, 불어서 들려주다; der Tanz -es, Tänze, 춤, 춤곡; das Lied -(e)s, -er, 노래

[문법/해설]
geh와 sag는 각각 gehen과 sagen의 단수 2인칭에 대한 명령형이다. 제3행의 Pfeif는 Pfeife의 단축형이다. 제4행의 Tänz는 Tanz의 복수 Tänze의 단축형이

다. '그가 나에게서 갈대로 피리를 만든다'는 말은 방아꾼이 시냇가에서 갈대로 피리를 만든다는 뜻이다. 즉 제3행과 4행의 sag ihr: 이하 내용은 시냇물이 그녀에게 하는 말을 직접화법 형식으로 쓴 것이다.

16. Die liebe Farbe 좋아하는 색깔

In Grün will ich mich kleiden,
In grüne Tränenweiden,
Mein Schatz hat's Grün so gern.
Will suchen einen Zypressenhain,
Eine Heide von grünem Rosmarein,
Mein Schatz hat's Grün so gern.

녹색 옷을 나는 입고 싶다,
녹색의 눈물어린 버들가지 옷을 (입고 싶다),
나의 연인은 녹색을 정말 좋아한다.
(나는) 실측백나무 숲을 찾고 싶다,
녹색의 로즈메리 들판을 (찾고 싶다),
나의 연인은 녹색을 정말 좋아한다.

[새김]

in Grün 녹색 옷을, ich 나는, will ... mich kleiden 입고 싶다, in grüne
Tränenweiden 녹색의 눈물어린 버들가지 옷을 (입고 싶다), mein Schatz 나의
연인은, 's Grün 녹색을, hat ... so gern 정말 좋아한다, einen Zypressenhain
실측백나무 숲을, will...suchen (나는) 찾고 싶다, von grünem Rosmarein 녹
색의 로즈메리의, eine Heide 들판을 (찾고 싶다), mein Schatz 나의 연인은,
's Grün 녹색을, hat ... so gern 정말 좋아한다.

[단어]

die Farbe -n, 색깔; das Grün -s, -, 녹색; sich kleiden 옷을 입다; grün 녹
색의; die Träne -n, 눈물; die Weide -n, 버들가지, 버드나무; der Schatz
-es, Schätze, 연인; gern haben ~을 좋아하다; suchen 찾다; der
Zypressenhain -(e)s, -e, 실측백나무 숲; die Heide -n, 들판; der Rosmarein
= der Rosmarin -s, 로즈메리 (사랑과 정절, 죽음을 상징하는 나무); der
Schatz -es, Schätze, 연인

[문법/해설]

제3행과 6행의 hat's Grün은 hat das Grün의 단축형이다. 제4행은 주어 ich가 생략된 문장이다. 제5행도 제4행의 einen Zypressenhain과 마찬가지로 suchen 의 4격 목적어이다.

Wohlauf zum fröhlichen Jagen!
Wohlauf durch Heid und Hagen!
Mein Schatz hat's Jagen so gern.
Das Wild, das ich jage, das ist der Tod,
Die Heide, die heiß ich die Liebesnot,
Mein Schatz hat's Jagen so gern.

자 즐거운 사냥을 하러 가자!
자 들과 숲을 지나!
나의 연인은 사냥을 정말 좋아한다.
내가 사냥하는 짐승, 그것은 죽음이다,
들판, 그것을 나는 사랑의 위기라고 부른다,
나의 연인은 사냥을 정말 좋아한다.

[새김]
wohlauf 자, zum fröhlichen Jagen 즐거운 사냥을 하러 가자, wohlauf 자, Heid und Hagen 들과 숲을, durch 지나, mein Schatz 나의 연인은, 's Jagen 사냥을, hat ... so gern 정말 좋아한다, das ich jage 내가 사냥하는, das Wild 짐승, das 그것은, ist der Tod 죽음이다, die Heide 들판, die 그것을, ich 나는, die Liebesnot 사랑의 위기라고, heiß 부른다, mein Schatz 나의 연인은, 's Jagen 사냥을, hat ... so gern 정말 좋아한다.

[단어]
wohlauf 자, 어서; fröhlich 즐거운; das Jagen -s, -, 사냥; die Heide -n, 들판; der Hag -(e)s, -e, 숲; der Schatz -es, Schätze, 연인; gern haben ~을 좋아하다; das Wild -(e)s, 야생 동물; jagen 사냥하다; der Tod -(e)s, -e, 죽음; heißen - hieß - geheißen ~라고 부르다; die Liebesnot, ...nöte, 사랑의 위기

[문법/해설]

제3행과 6행의 hat's Jagen은 hat das Jagen의 단축형이다. 제4행의 das ich jage의 das는 das Wild를 가리키는 관계대명사이다. das ist der Tod의 das는 das Wild를 가리키는 지시대명사이다. 제5행의 heiß는 heiße의 단축형이다. die heiß ich의 die는 die Heide를 가리키는 지시대명사이다.

> Grabt mir ein Grab im Wasen,
> Deckt mich mit grünem Rasen!
> Mein Schatz hat's Grün so gern.
> Kein Kreuzlein schwarz, kein Blümlein bunt,
> Grün, alles grün so rings und rund!
> Mein Schatz hat's Grün so gern.

잔디밭에 내 무덤을 파라,
녹색 잔디로 나를 덮어라!
나의 연인은 녹색을 정말 좋아한다.
검은 십자가도 (놓아두지) 말고, 여러 가지 색깔의 꽃도 (놓아두지) 말아라,
녹색으로, 모든 것을 녹색으로 아주 사방을 빙 둘러라!
나의 연인은 녹색을 정말 좋아한다.

[새김]
im Wasen 잔디밭에, mir ein Grab 내 무덤을, grabt 파라, mit grünem Rasen 녹색 잔디로, mich 나를, deckt 덮어라, mein Schatz 나의 연인은, 's Grün 녹색을, hat ... so gern 정말 좋아한다, kein Kreuzlein schwarz 검은 십자가도 (놓아두지) 말고, kein Blümlein bunt 여러 가지 색깔의 꽃도 (놓아두지) 말아라, Grün 녹색으로, alles grün 모든 것을 녹색으로, so 아주, rings 사방을, und rund 빙 둘러라, mein Schatz 나의 연인은, 's Grün 녹색을, hat ... so gern 정말 좋아한다.

[단어]
graben - grub - gegraben, du gräbst, er gräbt, 파다; das Grab -(e)s, Gräber, 무덤; der Wasen -s, -, 잔디; decken 덮다; der Rasen -s, -, 잔디; der Schatz -es, Schätze, 연인; gern haben ~을 좋아하다; das Kreuzlein -s, -, 십자가 (Kreuz의 축소명사); schwarz 검은; das Blümlein -s, -, 꽃 (Blume 의 축소명사); bunt 여러 가지 색깔의; rings 주위에, 사방에; rund 둥근

179

[문법/해설]
제1행과 2행은 불특정 복수 2인칭에 대한 명령문이다. 제3행과 6행의 hat's
Grün은 hat das Grün의 단축형이다.

17. Die böse Farbe 미워하는 색깔

Ich möchte ziehn in die Welt hinaus,
Hinaus in die weite Welt,
Wenn's nur so grün, so grün nicht wär
Da draußen in Wald und Feld!

나는 세상으로 멀리 나가고 싶다,
밖으로 넓은 세상으로,
그것이 저렇게 녹색, 저렇게 녹색만 아니라면
저기 밖에 숲과 들판의 (모든 것이)!

[새김]
ich 나는, in die Welt 세상으로, möchte ziehn ... hinaus 멀리 나가고 싶다,
hinaus 밖으로, in die weite Welt 넓은 세상으로, 's 그것이, so grün 저렇게
녹색, so grün 저렇게 녹색, nur 만, wenn ... nicht wär 아니라면, da 저기,
draußen 밖에, in Wald und Feld 숲과 들판의 (모든 것이)!

[단어]
böse 나쁜; die Farbe -n, 색깔; hinausziehen - zog...hinaus -
hinausgezogen 멀리 이동해 나가다; die Welt -en, 세상; hinaus 밖으로; weit
넓은; nur 다만; grün 녹색의; draußen 밖에; der Wald -(e)s, Wälder, 숲;
das Feld -(e)s, -er, 들판

[문법/해설]
제3행의 wenn's는 wenn es의 단축형이며 es는 다음 구절의 숲과 들판의 모든
것을 가리킨다. wär는 wäre의 단축형으로서 sein 동사의 접속법 2식 형태이다.

Ich möchte die grünen Blätter all
Pflücken von jedem Zweig,
Ich möchte die grünen Gräser all
Weinen ganz totenbleich.

나는 녹색 잎사귀를 전부

모든 가지에서 뜯고 싶다,
나는 녹색 풀 전부가
완전히 창백해지도록 울고 싶다.

[새김]
ich 나는, die grünen Blätter 녹색 잎사귀를, all 전부, von jedem Zweig 모든 가지에서, möchte...pflücken 뜯고 싶다, ich 나는, die grünen Gräser 녹색 풀, all 전부가, ganz totenbleich 완전히 창백해지도록, möchte...weinen 울고 싶다.

[단어]
grün 녹색의; all 모든; das Blatt -(e)s, Blätter, 잎; pflücken 꺾다, 따다, 떼다; der Zweig -(e)s, -e, 가지; das Gras -es, Gräser, 풀; weinen 울어서 어떤 상태에 이르게 하다; ganz 완전한; totenbleich 창백한, 죽은 사람처럼 창백한

[문법/해설]
'녹색 풀 전부가 창백해지도록 울고 싶다'는 말은 녹색 풀 위에 눈물을 흘려서 그 녹색 풀이 눈물에 젖어 하얗게 되도록 울고 싶다는 뜻이다.

> Ach Grün, du böse Farbe du,
> Was siehst mich immer an,
> So stolz, so keck, so schadenfroh,
> Mich armen, armen weißen Mann?

아 녹색, 너 미운 색깔 너,
(너는) 왜 항상 나를 쳐다보느냐,
그렇게 뽐내며, 그렇게 뻔뻔하게, 그렇게 심술궂게
가엾고, 가엾고 흰옷 입은 남자인 나를(쳐다보느냐)?

[새김]
ach Grün 아 녹색, du 너, böse Farbe 미운 색깔, du 너, was 왜, immer 항상, mich 나를, siehst...an 쳐다보느냐, so stolz 그렇게 뽐내며, so keck 그렇게 뻔뻔하게, so schadenfroh 그렇게 심술궂게, armen 가엾고, armen 가엾고,

182

weißen 흰옷 입은, Mann 남자인, mich 나를(쳐다보느냐)?

[단어]

das Grün -s, -, 녹색; böse 나쁜; die Farbe -n, 색; ansehen - sah...an - angesehen, du siehst...an, er sieht...an, 쳐다보다; immer 항상; stolz 뽐내는; keck 뻔뻔한; schadenfroh 심술궂은, 남의 불행을 기뻐하는; arm 가엾은; weiß 하얀; der Mann -(e)s, Männer, 남자

[문법/해설]

제2행의 was는 warum의 뜻으로 쓰였으며 주어 du는 생략되었다. 주어 du를 보충하고 이해하기 쉬운 표현으로 바꾸면 warum siehst du mich immer an이다. 제4행의 mich는 제2행의 mich를 반복한 것이며 armen, armen weißen Mann은 mich와 동격이다.

> Ich möchte liegen vor ihrer Tür,
> Im Sturm und Regen und Schnee,
> Und singen ganz leise bei Tag und Nacht
> Das eine Wörtchen ade!

나는 그녀의 문 앞에 누워 있고 싶다,
폭풍과 비와 눈 속에서,
그리고 아주 낮은 목소리로 밤낮으로 노래하고 싶다
그 단 한마디 안녕히!

[새김]

ich 나는, vor ihrer Tür 그녀의 문 앞에, möchte liegen 누워 있고 싶다, im Sturm und Regen und Schnee 폭풍과 비와 눈 속에서, und 그리고, ganz leise 아주 낮은 목소리로, bei Tag und Nacht 밤낮으로, singen 노래하고 싶다, das eine Wörtchen 그 단 한마디, ade 안녕히!

[단어]

liegen - lag - gelegen 누워 있다; die Tür -en, 문; der Sturm -(e)s, Stürme, 폭풍; der Regen -s, -, 비; der Schnee -s, -, 눈; singen - sang - gesungen 노래하다; leise 낮은 목소리로; Tag und Nacht 밤낮으로; das

Wörtchen -s, -, 말 (Wort의 축소명사); ade (작별 인사) 안녕

[문법/해설]
제3행의 singen도 제1행의 möchte에 연결되는 동사이다. 제4행의 eine는 ein이
형용사로 쓰인 것이다. Wörtchen은 Wort의 축소명사로서 간단한 한마디의 말
이라는 뜻으로 쓰였다. '밤낮으로 노래하고 싶다'는 말은 간단한 그 한마디 '안
녕히'라는 작별인사를 말하고 싶다는 뜻이다.

> Horch, wenn im Wald ein Jagdhorn schallt,
> So klingt ihr Fensterlein,
> Und schaut sie auch nach mir nicht aus,
> Darf ich doch schauen hinein.

잘 들어라, 숲속에서 사냥 호각이 울리면,
그러면 그녀의 창문이 (열리는) 소리를 낸다,
그러면 그녀가 나를 찾아 내다보지 않더라도,
나는 정말 들여다볼 수 있을 것이다.

[새김]
horch 잘 들어라, im Wald 숲속에서, ein Jagdhorn 사냥 호각이,
wenn...schallt 울리면, so 그러면, ihr Fensterlein 그녀의 창문이, klingt (열리
는) 소리를 낸다, und 그러면, sie 그녀가, nach mir 나를 찾아, schaut ...
auch ... nicht aus 내다보지 않더라도, ich 나는, doch 정말, schauen hinein
들여다볼 수, darf 있을 것이다.

[단어]
horchen 경청하다; das Jagdhorn -(e)s, ...hörner, 사냥 호각; schallen 울리다;
klingen 소리 내다; das Fensterlein -s, -, 창문 (Fenster의 축소명사);
ausschauen 내다보다; hineinschauen 들여다보다; horch는 horchen의 단수 2
인칭에 대한 명령형이다.

[문법/해설]
제3행은 wenn이 생략된 양보 문장이다. wenn...auch는 양보의 뜻이다. 이해하
기 쉬운 어순으로 고쳐 쓰면 und wenn sie auch nach mir nicht ausschaut
이다. 제4행의 darf는 kann의 의미로 쓰였다.

O binde von der Stirn dir ab
Das grüne, grüne Band,
Ade, ade! und reiche mir
Zum Abschied deine Hand!

오 그대 이마에서 풀어놓아라
그 녹색, 녹색 리본을,
안녕히, 안녕히! 그리고 나에게 내밀어라
작별을 위해 그대의 손을!

[새김]

o 오, dir 그대, von der Stirn 이마에서, binde...ab 풀어놓아라, das grüne grüne Band 그 녹색 녹색 리본을, ade ade 안녕히 안녕히, und 그리고, mir 나에게, reiche 내밀어라, zum Abschied 작별을 위해, deine Hand 그대의 손을!

[단어]

abbinden 풀어놓다; die Stirn -en, 이마; das Band -(e)s, Bänder, 리본; reichen 내밀다; der Abschied -(e)s, -e, 작별; die Hand, Hände, 손

[문법/해설]

제1행의 binde는 단수 2인칭에 대한 명령형이다. dir는 Stirn에 대한 소유의 3격이다. reiche는 단수 2인칭에 대한 명령형이다.

18. Trockne Blumen 메마른 꽃

Ihr Blümlein alle, die sie mir gab,
Euch soll man legen mit mir ins Grab.
Wie seht ihr alle mich an so weh,
Als ob ihr wüsstet, wie mir gescheh?

너희 꽃들 모두, 그녀가 나에게 준 그 꽃들,
(사람들은) 너희들을 놓아야 한다 나와 함께 무덤 속으로.
왜 너희들 모두는 나를 그렇게 슬프게 바라보느냐,
마치 너희들이 아는 것처럼, 나에게 무슨 일이 일어나는지?

[새김]
ihr 너희, Blümlein 꽃들, alle 모두, sie 그녀가, mir 나에게, gab 준, die 그
꽃들, man (사람들은), euch 너희들을, soll...legen 놓아야 한다, mit mir 나와
함께, ins Grab 무덤 속으로, wie 왜, ihr 너희들, alle 모두는, mich 나를, so
weh 그렇게 슬프게, seht...an 바라보느냐, als ob 마치, ihr 너희들이, wüsstet
아는 것처럼, mir 나에게, wie 무슨 일이, gescheh 일어나는지?

[단어]
trocken 마른, 건조한; das Blümlein -s, -, 꽃 (Blume의 축소명사); geben -
gab - gegeben, du gibst, er gibt, 주다; legen 놓다; das Grab -(e)s,
Gräber, 무덤; ansehen - sah...an - angesehen, du siehst...an, er sieht...an,
바라보다; weh 슬프게; wissen - wusste - gewusst, ich weiß, du weißt, er
weiß, 알다; geschehen - geschah - geschehen 일어나다, 발생하다

[문법/해설]
제1행의 die는 alle를 선행사로 받는 관계대명사이다. alle는 Blümlein과 동격이
다. 제2행의 man은 일반 주어이므로 군이 번역할 필요 없다. 제3행의 wie는
warum의 뜻이다. 이해하기 쉽게 고치면 warum seht ihr alle mich so weh
an이다. ihr와 alle는 동격이다. wüsstet는 wissen의 접속법 2식 형태이다. 'als
ob + 접속법 2식'은 '마치 ~처럼'의 뜻이다. 제4행의 wie는 was의 뜻으로 쓰였
다. gescheh는 geschehe의 단축형이며 접속법 1식 형태이다.

> Ihr Blümlein alle, wie welk, wie blass?
> Ihr Blümlein alle, wovon so nass?
> Ach, Tränen machen nicht maiengrün,
> Machen tote Liebe nicht wieder blühn.

너희 꽃들 모두, 왜 시들고, 왜 창백하느냐?
너희 꽃들 모두, 무엇으로 그렇게 젖었느냐?
아, 눈물이 신록을 만들지 않지,
죽은 사랑을 다시 꽃피게 만들지 않지.

[새김]
ihr 너희, Blümlein 꽃들, alle 모두, wie 왜, welk 시들고, wie 왜, blass 창백하느냐, ihr 너희, Blümlein 꽃들, alle 모두, wovon 무엇으로, so 그렇게, nass 젖었느냐, ach 아, Tränen 눈물이, maiengrün 신록을, machen nicht 만들지 않지, tote Liebe 죽은 사랑을, wieder 다시, blühn 꽃피게, machen...nicht 만들지 않지.

[단어]
welk 시든; blass 창백한; nass 젖은; die Träne -n, 눈물; maiengrün 신록의; tot 죽은; die Liebe -n, 사랑; blühen 꽃이 피다

[문법/해설]
제1행의 wie는 모두 warum의 뜻으로 쓰였다. 제4행의 동사 machen의 주어도 Tränen이다.

> Und Lenz wird kommen, und Winter wird gehn,
> Und Blümlein werden im Grase stehn.
> Und Blümlein liegen in meinem Grab,
> Die Blümlein alle, die sie mir gab.

그리고 봄이 오고, 그리고 겨울은 간다,
그리고 꽃들은 풀밭에서 자랄 것이다.
그리고 꽃들은 내 무덤 속에 놓여 있을 것이다,
그 꽃들 모두, 그녀가 나에게 준 그 꽃들.

[새김]

und 그리고, Lenz 봄이, wird kommen 오고, und 그리고, Winter 겨울은, wird gehn 간다, und 그리고, Blümlein 꽃들은, im Grase 풀밭에서, werden...stehn 서 있을 것이다 (자랄 것이다), und 그리고, Blümlein 꽃들은, in meinem Grab 내 무덤 속에, liegen 놓여 있을 것이다, die Blümlein 그 꽃들, alle 모두, sie 그녀가, mir 나에게, gab 준, die 그 꽃들.

[단어]

der Lenz -es, -e, 봄; kommen - kam - gekommen 오다; der Winter -s, -, 겨울; gehen - ging - gegangen 가다; das Gras -es, Gräser, 풀, 풀밭; stehen - stand - gestanden 서 있다; liegen - lag - gelegen 놓여 있다

[문법/해설]

제4행의 die sie mir gab의 die는 alle를 선행사로 받는 관계대명사이다. alle는 Blümlein과 동격이다. 겨울이 가고 봄이 오면 풀밭에는 또 꽃들이 피겠지만 그녀가 준 꽃들은 모두 내 무덤 속에 놓여 있을 것이라는 내용이다.

> Und wenn sie wandelt am Hügel vorbei,
> Und denkt im Herzen: der meint' es treu!
> Dann Blümlein alle, heraus, heraus!
> Der Mai ist kommen, der Winter ist aus.

그리고 만일 그녀가 언덕을 지나간다면
그리고 마음속으로 생각한다면: 그는 그것을 진정으로 의미했었지!
그러면 꽃들아 모두 밖으로, 밖으로! (나오너라)
5월이 왔다, 겨울은 끝났다.

[새김]

und 그리고, wenn 만일, sie 그녀가, am Hügel 언덕을, wandelt...vorbei 지나간다면, und 그리고, im Herzen 마음속으로, denkt 생각한다면, der 그는, es 그것을, treu 진정으로, meint' 의미했었지 (라고 그녀가 생각한다면), dann 그러면, Blümlein 꽃들아, alle 모두, heraus 밖으로, heraus 밖으로 (나오너라), der Mai 5월이, ist kommen 왔다, der Winter 겨울은, ist aus 끝났다.

[단어]

wandeln 거닐다; der Hügel -s, -, 언덕; vorbei 지나서, 통과하여; denken - dachte - gedacht 생각하다; das Herz -ens, -en, 마음; meinen 의미하다; treu 진정으로, 진심으로; heraus 밖으로; der Mai -s, -e, 5월; der Winter -s, -, 겨울; aus ~이 끝난

[문법/해설]
제2행의 der는 방아꾼 청년을 가리키는 지시대명사이다. '그것을 진정으로 의미했었다'는 말은 '진심이었다'는 뜻이다. meint'는 meinen의 과거 meinte의 단축형이다. 제4행의 kommen은 gekommen의 변형이다.

19. Der Müller und der Bach 방아꾼과 시내

Der Müller

Wo ein treues Herze in Liebe vergeht,
Da welken die Lilien auf jedem Beet,
Da muss in die Wolken der Vollmond gehn,
Damit seine Tränen die Menschen nicht sehn;
Da halten die Englein die Augen sich zu,
Und schluchzen und singen die Seele zur Ruh.

사랑의 진정한 마음이 사라질 때,
그때 모든 화단의 백합은 시든다,
그때 구름 속으로 보름달은 들어가야 한다,
그의 눈물을 사람들이 보지 못하도록;
그때 천사들은 눈을 감고,
흐느끼며 영혼의 안식을 위해 노래한다.

[새김]

in Liebe 사랑의, ein treues Herze 진정한 마음이, vergeht 사라질, wo 때,
da 그때, auf jedem Beet 모든 화단의, die Lilien 백합은, welken 시든다, da
그때, in die Wolken 구름 속으로, der Vollmond 보름달은, muss...gehn 들
어가야 한다, seine Tränen 그의 눈물을, die Menschen 사람들이, sehn 보지,
damit...nicht 못하도록, da 그때, die Englein 천사들은, die Augen 눈을,
halten ... sich zu 감고, schluchzen und 흐느끼며, die Seele 영혼의,
zur Ruh 안식을 위해, singen 노래한다.

[단어]

treu 진정한; das Herz -ens, -en, 마음; die Liebe -n, 사랑; vergehen -
verging - vergangen 사라지다; welken 시들다; die Lilie -n, 백합; das Beet
-(e)s, -e, 화단; die Wolke -n, 구름; der Vollmond -(e)s, -e, 보름달; damit
~하기 위하여; die Träne -n, 눈물; der Mensch -en, -en, 사람; zuhalten -
hielt...zu - zugehalten, du hältst...zu, er hält...zu, (sich[3]) 닫다; das Englein
-s, -, 천사 (Engel의 축소명사); das Auge -s, -n, 눈; schluchzen 흐느끼다;

singen - sang - gesungen 노래하다; die Seele -n, 영혼; die Ruhe 평온, 안식

[문법/해설]
제1행의 wo는 때를 나타내고 있다. 제3행과 4행의 gehn과 sehn은 각각 gehen, sehen의 단축형이다. 제5행의 sich는 3격 재귀대명사이다. 제6행의 singen은 '노래를 불러 ~을 ~하게 하다'라는 의미로 쓰였다. 이 시에서는 '노래를 불러 영혼을 쉬게 한다'는 뜻이니 '영혼의 안식을 위해 노래한다'는 말이다. Ruh는 Ruhe의 단축형이다.

Der Bach

> Und wenn sich die Liebe dem Schmerz entringt,
> Ein Sternlein, ein neues, am Himmel erblinkt,
> Da springen drei Rosen, halb rot, halb weiß,
> Die welken nicht wieder, aus Dornenreis.
> Und die Engelein schneiden die Flügel sich ab,
> Und gehn alle Morgen zur Erde herab.

그리고 사랑이 고통에서 벗어나면,
별 하나가, 새 별 하나가 하늘에서 빛난다,
그때 세 송이 장미가 피어난다, 반은 붉고, 반은 하얀,
그것들은 다시 시들지 않는다, 가시 가지에서 (피어난 장미들).
그리고 천사들이 날개를 잘라 내고,
그리고 아침마다 지상으로 내려간다.

[새김]
und 그리고, die Liebe 사랑이, dem Schmerz 고통에서, wenn sich ... entringt 벗어나면, ein Sternlein 별 하나가, ein neues 새 별 하나가, am Himmel 하늘에서, erblinkt 빛난다, da 그때, drei Rosen 세 송이 장미가, springen 피어난다, halb 반은, rot 붉고, halb 반은, weiß 하얀, die 그것들은, wieder 다시, welken nicht 시들지 않는다, aus Dornenreis 가시 가지에서 (피어난 장미들), und 그리고, die Engelein 천사들이, die Flügel 날개를, schneiden ... sich ab 잘라 내고, und 그리고, alle Morgen 아침마다, zur

Erde 지상으로, gehn...herab 내려간다.

[단어]

der Schmerz -es, -en, 고통; entringen - entrang - entrungen (sich) 벗어나다; das Sternlein -s, -, 별 (Stern의 축소명사); der Himmel -s, -, 하늘; erblinken 빛나다; springen - sprang - gesprungen 피어나다; die Rose -n, 장미; halb 절반의; rot 붉은; weiß 하얀; wieder 다시; der Dorn -(e)s, -en, 가시; das Reis -es, -er, 작은 가지; das Engelein -s, -, 천사 (Engel의 축소명사); abschneiden - schnitt...ab - abgeschnitten (sich[3]) 잘라 내다; der Flügel -s, -, 날개; der Morgen -s, -, 아침; die Erde -n, 대지, 지상; gehen - ging - gegangen 가다; herab 아래로

[문법/해설]

제2행의 ein neues 다음에는 Sternlein이 생략되었다. 제4행의 die는 앞의 Rosen을 가리키는 지시대명사이다. 제5행의 sich는 3격 재귀대명사이다.

Der Müller

> Ach, Bächlein, liebes Bächlein, du meinst es so gut:
> Ach, Bächlein, aber weißt du, wie Liebe tut?
> Ach, unten, da unten, die kühle Ruh!
> Ach, Bächlein, liebes Bächlein, so singe nur zu.

아, 시내야, 사랑하는 시내야, 너는 그것을 좋은 뜻으로 말하는 것이지:
아, 시내야, 그러나 너는 아느냐, 사랑이 어떻게 하는지?
아, 아래, 저기 아래, 저 시원한 안식!
아, 시내야, 사랑하는 시내야, 그렇게 어서 계속 노래를 불러다오.

[새김]

ach 아, Bächlein 시내야, liebes Bächlein 사랑하는 시내야, du 너는, es 그것을, so gut 좋은 뜻으로, meinst 말하는 것이지, ach 아, Bächlein 시내야, aber 그러나, du 너는, weißt 아느냐, die Liebe 사랑이, wie 어떻게, tut 하는지, ach 아, unten 아래, da unten 저기 아래, die kühle Ruh 저 시원한 안식, ach 아, Bächlein 시내야, liebes Bächlein 사랑하는 시내야, so 그렇게, nur zu 어서 계속, singe 노래를 불러다오.

[단어]

das Bächlein -s, -, 시내 (Bach의 축소명사); meinen ~한 뜻으로 말하다; wissen - wusste - gewusst, ich weiß, du weißt, er weiß, 알다; tun - tat - getan 하다; unten 아래; da 저기; kühl 시원한; die Ruhe 평온, 안식

[문법/해설]

제3행의 Ruh는 Ruhe의 단축형이다. 제4행의 singe는 singen의 단수 2인칭에 대한 명령형이다. nur zu는 재촉을 나타내는 말이다.

20. Des Baches Wiegenlied 시내의 자장가

> Gute Ruh, gute Ruh!
> Tu die Augen zu!
> Wandrer, du müder, du bist zu Haus.
> Die Treu ist hier,
> Sollst liegen bei mir,
> Bis das Meer will trinken die Bächlein aus.

잘 쉬어라, 잘 쉬어라!
눈을 감아라!
방랑자여, 너 피곤한 자여, 너는 집에 있다.
지조는 여기에 있다,
(너는) 내 곁에 누워 있어야 한다,
바다가 모든 시냇물을 다 마시려고 할 때까지.

[새김]

gute Ruh 잘 쉬어라, gute Ruh 잘 쉬어라, die Augen 눈을, tu...zu 감아라, Wandrer 방랑자여, du 너, müder 피곤한 자여, du 너는, zu Haus 집에, bist 있다, die Treue 지조는, hier 여기에, ist 있다, bei mir 내 곁에, sollst...liegen 누워 있어야 한다, das Meer 바다가, die Bächlein 모든 시냇물을, will trinken ... aus 다 마시려고 할, bis 때까지.

[단어]

das Wiegenlied -(e)s, -er, 자장가; die Ruhe 평온, 휴식; zutun - tat...zu - zugetan 감다; das Auge -s, -n, 눈; der Wandrer -s, -, 방랑자; müde 피곤한; zu Haus 집에; die Treue 지조; liegen - lag - gelegen 누워 있다; bis ~ 할 때까지; das Meer -(e)s, -e, 바다; das Bächlein -s, -, 시내 (Bach의 축소명사); austrinken - trank...aus - ausgetrunken 다 마시다

[문법/해설]

제목의 des Baches는 2격으로서 Wiegenlied를 수식한다. 독일어의 2격은 수식하는 명사의 뒤에 오는 것이 보통인데 이렇게 앞에서 명사를 수식할 때도 있다. 제1행의 Ruh는 Ruhe의 단축형이다. 제2행의 tu는 동사 tun의 단수 2인칭에 대

한 명령형이다. 제3행의 müder 다음에는 Wandrer가 생략되었다. "너는 집에 있다"는 말은 '너는 이제 쉴 수 있는 곳에 있다'는 의미이다. 제4행의 Treu는 Treue의 단축형이다. 제5행의 주어 du는 생략되었다. 제6행을 바른 어순으로 고치면 bis das Meer die Bächlein austrinken will이다. 각운을 맞추기 위해 어순이 바뀐 것이다. 제6행에서 복수형 die Bächlein이 쓰인 것은 이 노래에 등장하는 시내뿐만 아니라 다른 모든 시내를 포함하기 때문이다.

Will betten dich kühl,
Auf weichen Pfühl,
In dem blauen kristallenen Kämmerlein.
Heran, heran,
Was wiegen kann,
Woget und wieget den Knaben mir ein!

(내가) 너를 시원하게 재우겠다,
부드러운 잠자리 위에,
그 푸른 수정 같은 방에서.
이리로, 이리로 (오라),
흔들 수 있는 것들아 (모두 이리로 와서),
나의 젊은이를 물결치듯 흔들어 잠재워라!

[새김]
dich 너를, kühl 시원하게, will betten 재우겠다, auf weichen Pfühl 부드러운 잠자리 위에, dem blauen 그 푸른, kristallenen 수정 같은, in ... Kämmerlein 방에서, heran 이리로, heran 이리로, was wiegen kann 흔들 수 있는 것들아, mir 나의, den Knaben 젊은이를, woget und 물결치듯, wieget...ein 흔들어 잠재워라!

[단어]
betten 재우다; kühl 시원한; weich 부드러운; der Pfühl -(e)s, -e, 베개, 잠자리; blau 푸른; kristallen 수정 같은; das Kämmerlein -s, -, 방 (Kammer의 축소명사); heran 이쪽으로; was (부정관계대명사) ~하는 것; wiegen (재우기 위해서) 흔들다; wogen 물결치다; einwiegen 흔들어 잠재우다; der Knabe -n, -n, 소년, 젊은이

195

제1행의 주어를 보충하여 바른 어순으로 다시 쓰면 ich will dich kühl betten
이다. 각운을 맞추기 위해서 어순이 바뀐 것이다. 제5행의 was는 선행사를 포함
한 부정관계대명사이다. 제6행의 woget와 wieget는 불특정 복수 2인칭(흔들어
움직일 수 있는 것들)에 대한 명령형이다. mir는 Knabe에 대한 소유의 3격이
다.

Wenn ein Jagdhorn schallt
Aus dem grünen Wald,
Will ich sausen und brausen wohl um dich her.
Blickt nicht herein,
Blaue Blümelein!
Ihr macht meinem Schläfer die Träume so schwer.

만일 사냥 호각이 울리면
녹색 숲으로부터,
나는 네 주위에서 쐐쐐 물소리를 잘 내고 싶다.
이쪽을 보지 말아라,
푸른 꽃들아!
너희들이 내 잠자는 사람의 꿈을 아주 방해한다.

[새김]

wenn 만일, ein Jagdhorn 사냥 호각이, schallt 울리면, aus dem grünen
Wald 녹색 숲으로부터, ich 나는, um dich her 네 주위에서, will ... sausen
und brausen wohl 쐐쐐 물소리를 잘 내고 싶다, herein 이쪽을, blickt...nicht
보지 말아라, blaue Blümelein 푸른 꽃들아, ihr 너희들이, meinem Schläfer
내 잠자는 사람의, die Träume 꿈을, macht so schwer 아주 어렵게 한다 (방
해한다).

[단어]

das Jagdhorn -(e)s, ...hörner, 사냥 호각; schallen 울리다; 〃 녹색의; der
Wald -(e)s, Wälder, 숲; sausen 쐐쐐 소리내다; brausen 쐐쐐 소리내다;
wohl 잘; um (4격) her ~의 주위에; blicken 보다; herein 이쪽으로; das
Blümlein -s, -, 꽃 (Blume의 축소명사); der Schläfer -s, -, 잠자는 사람; der

Traum -(e)s, Träume, 꿈; schwer 어려운

[문법/해설]
제4행의 blickt는 복수 2인칭(푸른 꽃들)에 대한 명령형이다. 제6행의 meinem
Schläfer는 die Träume에 대한 소유의 3격이다.

> Hinweg, hinweg,
> Von dem Mühlensteg,
> Böses Mägdelein, dass ihn dein Schatten nicht weckt!
> Wirf mir herein
> Dein Tüchlein fein,
> Dass ich die Augen ihm halte bedeckt!

저쪽으로, 저쪽으로 (가라),
물레방아 다리로부터 (저쪽으로 가라),
못된 아가씨야, 그를 너의 그림자가 깨우지 않도록 (저쪽으로 가라)!
나에게 이쪽으로 던져라
너의 고운 수건을,
내가 그의 눈을 덮고 있도록!

[새김]
hinweg 저쪽으로, hinweg 저쪽으로 (가라), von dem Mühlensteg 물레방아
다리로부터 (저쪽으로 가라), böses Mägdelein 못된 아가씨야, ihn 그를, dein
Schatten 너의 그림자가, dass ... nicht weckt 깨우지 않도록 (저쪽으로 가라),
mir 나에게, herein 이쪽으로, wirf 던져라, dein 너의, fein 고운, Tüchlein 수
건을, ich 내가, ihm 그의, die Augen 눈을, bedeckt 덮고, dass...halte 있도
록!

[단어]
hinweg 저쪽으로; der Mühlensteg -(e)s, -e, 물레방아 다리; böse 못된, 나쁜;
das Mägdelein -s, -, 아가씨; der Schatten -s, -, 그림자; wecken 깨우다;
hereinwerfen - warf...herein - hereingeworfen, du wirfst...herein, er
wirft...herein, 이쪽으로 던지다; das Tüchlein -s, -, 수건 (Tuch의 축소명사);
fein 고운; halten - hielt - gehalten, du hältst, er hält, 유지하다; bedeckt

덮인

[문법/해설]
제3행과 6행의 dass 이하는 목적을 나타내는 부문장이다. 제4행의 wirf는
werfen의 단수 2인칭에 대한 명령형이다. 제5행의 fein은 본래 dein feines
Tüchlein의 어순으로 Tüchlein을 앞에서 수식해야 하는데 각운을 맞추기 위해
서 어미변화 없이 뒤로 온 것이다. 제6행의 dass 이하를 바른 어순으로 고치면
dass ich ihm die Augen bedeckt halte이다. ihm은 Augen이 그의 눈임을 나
타내는 소유의 3격이다

> Gute Nacht, gute Nacht!
> Bis alles wacht,
> Schlaf aus deine Freude, schlaf aus dein Leid!
> Der Vollmond steigt,
> Der Nebel weicht,
> Und der Himmel da oben, wie ist er so weit!

잘 자라, 잘 자라!
모든 것이 깨어날 때까지,
푹 자라 너의 기쁨, 푹 자라 너의 괴로움!
보름달이 뜨고,
안개가 사라진다,
그리고 저기 위 하늘, 그것은 어쩌면 저렇게 넓은가!

[새김]
gute Nacht 잘 자라, gute Nacht 잘 자라, alles 모든 것이, wacht 깨어날,
bis 때까지, schlaf aus 푹 자라, deine Freude 너의 기쁨, schlaf aus 푹 자라,
dein Leid 너의 괴로움, der Vollmond 보름달이, steigt 뜨고, der Nebel 안
개가, weicht 사라진다, und 그리고, da oben 저기 위, der Himmel 하늘, er
그것은, wie 어쩌면, ist ... so weit 저렇게 넓은가!

[단어]
wachen 깨어 있다; ausschlafen - schlief...aus - ausgeschlafen, du
schläfst...aus, er schläft...aus, 푹 자다; die Freude -n, 기쁨; das Leid -(e)s,

198

괴로움; der Vollmond -(e)s, -e, 보름달; steigen - stieg - gestiegen 올라가
다; der Nebel -s, -, 안개; weichen 사라지다; der Himmel -s, -, 하늘; da
저기; oben 위에; weit 넓은

[문법/해설]
제1행의 gute Nacht는 잠들기 전에 하는 인사이다. 제3행의 schlaf는 동사
schlafen의 단수 2인칭에 대한 명령형이다. aus는 ausschlafen의 분리전철이다.

필자 후기

나는 노래를 잘 부르는 사람들을 좋아한다.

한껏 창공을 나는 소리
여유 있게 시간을 살피는 소리
정적을 타고 내려 대지에 앉는 소리
때로는 사색의 밭을 가는 소리

이 아름다운 소리를 연주하는 사람들을 나는 좋아한다.

부르는 사람의 가슴에서 듣는 사람의 가슴으로 전해지는 느낌,
소리의 울림을 가슴의 떨림으로 바꾸어 주는 감동,
그 감동의 언어는 시어, 시인의 언어이다.

뒤셀도르프에서 독일 가곡을 들으면서 그런 감동에 젖어
〈로렐라이 www.loreley.kr〉 독일어 음악실 자료를 만들던 때가
엊그제 같은데 벌써 20년이 되어 간다.

그때, 옛날이 되어버린 그때,
이런 책을 쓰라고, 꼭 쓰라고 적극 권했던 이가
바로 학구파 테너 로돌포 장진규 님이다.

많이 늦었지만
이제라도 책을 내게 되어 기쁘다.

이 기쁨을 〈로렐라이〉 초기에 귀한 원고를 보냈던 뒤셀도르프의 친구들, 드로스테 이미선, 할리할로 류동수, 멘자 조인수, 필로메디 정승연 님들과도 함께 나누고 싶다.

2019. 8. 6.
파공 이재인